포기하지마!
롤러코스터

포기하지마! 롤러코스터

고정욱 글 | 김희정 그림

초판 1쇄 | 2012년 8월 15일
초판 2쇄 | 2023년 5월 15일

지은이 | 고정욱
그린이 | 김희정
펴낸이 | 신현운
펴는곳 | 연인M&B
기   획 | 여인화
디자인 | 이희정
마케팅 | 박한동
등   록 | 2000년 3월 7일 제2-3037호
주   소 | 05056 서울시 광진구 자양로 73 동원빌딩 5층 601호
전   화 | (02)455-3987 팩스 | (02)3437-5975
홈주소 | www.yeoninmb.co.kr
이메일 | yeonin7@hanmail.net

값 12,000원

ⓒ 고정욱 글 | 김희정 그림 2012 Printed in Korea

ISBN 978-89-6253-116-9 03810

실화를 바탕으로 한 다문화 가족 동화

포기하지마!
롤러코스터

고정욱 글 | 김희정 그림

"인생은 이렇게 롤러코스터란다. 올라갈 때가 있으면 내려갈 때가 있단다. 내려갈 땐 또 올라갈 때를 기다려야 해. 힘들고 어려운 일이 있으면 꼭 좋은 일이 있다는 희망을 버리면 절대 안 돼!"

연인M&B

작가의 말

　우리나라에는 어느덧 외국인이 130만 명이나 살고 있다고 합니다. 그건 다문화 가정으로 들어와 우리나라 사람이 된 숫자를 뺀 것이라고 하니 정말 우리 사회는 국제화 사회, 다문화 사회가 된 게 맞는 것 같습니다. 그런데 아직도 사고방식이 옛날에 머문 사람도 많습니다. 나와 같지 않으면 멀리하고 따돌리고 차별하는 일이 간혹 벌어지고 있기 때문입니다. 그건 마치 장애인이 차별받는 것과 똑같습니다.

　사회가 건강하게 발전하려면 약자를 보호하고 지켜 줘야 합니다. 그 이유는 바로 언제건 내가 약자가 될 수 있기 때문입니다. 선진국이란 바로 약자가 불이익을 당하지 않게 도와주는 나라라고 봐도 과언이 아닙니다.

　우리 주위에 어느새 다가온 다문화 가족, 이제 우리는 그들을 끌어안아야 합니다. 험한 일을 대신해 우리에게 경제적 이익을 주고, 노인들만 가득한 시골 마을에 어린아이 울음소리가 들리게 해 주고, 진취적

도전 정신을 갖고 우리에게 온 다문화 가족들. 그들을 사랑하기 바라는 마음에서 실제 필리핀에서 용감하게 한국으로 온 상철이네 이야기를 어린이 여러분에게 소개합니다. 재미있게 읽고 어려움 앞에서도 굴하지 않는 도전 정신을 어린이 여러분들도 길렀으면 좋겠습니다.

2012년 여름에

고정욱

* 이 작품은 실제 인물인 상철이네 가족의 이야기를 바탕으로 작가의 상상력을 더한 것입니다. 작품 속의
  사건이나 인물은 실제와 일치하지 않을 수 있으니 오해 없기 바랍니다.
* 이 책에 도움을 주신 '양천구다문화가족지원센터', '양천구청' 에 고마움을 전해 드립니다.

차 례

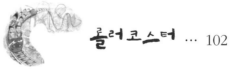

화산 폭발

몬테소리학교 아이들은 땀을 흘리며 계곡을 걸어 올라갔습니다. 저 멀리 피나투보 화산이 위용을 자랑하고 있는 울창한 숲 속으로 온갖 새들이 요란한 소리를 내며 날아다녔습니다. 길가의 나무에는 바나나들이 주렁주렁 열려 있었지만 아이들은 아무도 손을 대지 않았습니다. 그렇게 큰 바나나는 돼지들이나 먹는 것이었기 때문입니다. 이 아이들이 주로 먹는 것은 몽키 바나나입니다. 아주 작았지만 달고 향긋했습니다.

지금 필리핀의 클락시에서 온 아이들은 피나투보 화산 부근의 계곡으로 트래킹을 가고 있었습니다.

"얘들아, 어서 와! 물이 참 좋아!"

먼저 앞장서 계곡으로 달려간 올리바스가 아이들을 불렀습니다. 교복에 배낭을 멘 아이들은 모두 땀을 흘리며 계곡으로 내려갔습니다. 상철이도 뒤질세라 비탈길을 내려가 차가운 계곡물에 손을 넣었습니다. 시원한 물에 손과 발을 담그자 뒤늦게 숨을 헐떡이며 달려온 예쁜 엘리자베스 선생님이 말했습니다.

"이곳 피나투보 화산은 아직도 살아 있는 활화산이에요. 언제든지 폭발할 수 있기 때문에 우리는 모두 조심을 해야 되는 거지요. 화산의 활동에 대해서는 저번에 공부했지요?"

엘리자베스 선생님의 말에 아이들은 모두 대답을 했습니다.

"네!"

트래킹을 오기 전에 선생님은 화산에 대해 미리 공부하게 했습니다. 피나투보 화산은 작은 도시 클락 부근의 큰 산입니다. 클락은 수도인 마닐라에서 자동차로 1~2시간 정도 떨어진 거리에 있습니다. 그래서 외국에서도 많은 관광객들이 찾아오는 유명한 곳입니다. 피나투보는 아직 활동 중인 화산이라 산을 올라가는 등산로 부근 곳곳에 온천이나 노천탕

등이 많았습니다. 화산의 꼭대기에는 분화구에 물이 고인 칼데라 호수가 자리를 잡고 있었습니다.

"상철이, 지난 수업 시간 때 화산이 왜 살아 있다고 그랬지요?"

엘리자베스 선생님이 다시 물었습니다.

"네, 화산 밑에는 바위가 녹아 뜨거운 액체가 된 마그마가 있어요. 이 마그마가 압력에 의해서 땅 위로 뚫고 올라오면 그게 바로 화산 폭발이에요."

"아, 상철이는 정말 똑똑해요. 아주 잘했어요. 맞아요. 이 화산이 폭발할 때는 화산재에, 수증기와 연기, 그리고 뜨거운 마그마도 마구 흘러나와요. 이 마그마가 식으면 여기 있는 이런 구멍이 숭숭 뚫린 바위가 된답니다."

선생님은 옆의 바위를 들어 보여 주었습니다.

"그런데 이 화산 폭발은 사람들에게 피해를 많이 줘요. 화산재나 마그마가 덮치면 불이 나기도 하고요, 농사지을 땅을 못 쓰게 만들기도 해요. 그리고 가스가 나오는데 이 가스는 공기랑 섞이면 환경에 심각한 문제가 생기기도 하지요."

이번 트래킹은 소풍 삼아 걸으면서 아이들의 체력도 기르

고 자연 공부도 한다는 것이 원래의 목적이었습니다. 다른
아이들과 함께 교복을 입었지만 상철이는 피부색이 유달리
하얗습니다. 한국 사람의 얼굴이 많이 드러나 있어서 피부
가 검은 다른 필리핀 아이들과는 차별이 되었습니다.

물장난을 하며 계곡에서 논 뒤 상철이와 아이들은 각자 집
에서 싸 온 도시락을 먹었습니다. 상철이가 도시락을 열자
아이들이 모두 달려왔습니다. 김밥과 과일, 그리고 주먹밥이
예쁘게 도시락 안에 자리를 잡고 있어 보기만 해도 탄성이
절로 났습니다.

"나도 먹고 싶어!"

"하나만 먹어 보자!"

아이들은 간청을 했습니다. 상철이는 그럴 줄 알고 김밥을
많이 싸 왔습니다.

"하나씩만 먹어."

아이들이 김밥의 맛을 보며 말했습니다.

"와! 정말 김밥은 맛있어!"

"한국 음식들은 다 기막힌 것 같아!"

아이들은 상철이 아빠가 한국 사람이라는 사실을 부러워

했습니다.

상철이 아빠는 피나투보 화산 입구에서 작은 리조트를 운영하고 있었습니다. 한국 관광객들이 찾아오면 사륜구동 자동차에 태워서 화산 꼭대기까지 안내해 구경시켜 주는 일을 하고 있었던 것입니다. 한국 사람들을 상대로 관광업을 하고 있었기 때문에 수입도 당연히 많았습니다. 그래서 상철이네 집은 남들보다 부유하게 살았습니다. 가정부도 있고, 학교에 차를 태워다 주는 기사도 있습니다. 오늘도 상철이는 학교까지 기사가 운전하는 자동차로 가서 학교 버스를 갈아타고 트래킹하러 왔던 것입니다.

아이들과 선생님은 맛있게 점심 도시락을 먹고 평탄한 땅에 모여 노래하며 춤추는 오락회를 했습니다. 필리핀 민요도 부르고, 전통 춤도 추면서 아이들은 즐거운 시간을 보냈습니다. 그때 선생님은 상철이에게 물었습니다.

"상철이는 한국 노래 아는 거 있어?"

"네, 아빠한테 배웠어요."

"그럼, 한번 불러 봐."

아이들은 박수를 치기 시작했습니다. 상철이는 서툰 한국어 발음으로 아리랑을 불렀습니다.

"아리랑 아리랑 아라리요~."

그때였습니다. 마치 노래에 감동이라도 받은 것처럼 땅이 갑자기 움직이는 느낌이었습니다.

"어?"

아이들은 모두 당황했습니다. 좌우를 살펴보니 옆에서 놀던 다른 학교 아이들이나 어른들도 모두 당황했습니다.

"지진인가?"

그때였습니다. 토니가 갑자기 피나투보 화산을 가리켰습니다.

"서, 선생님! 저, 저기요!"

"응?"

일제히 화산을 쳐다보니 꼭대기에서 무섭게 연기가 치솟기 시작했습니다.

"화산이 폭발하려나 보다! 큰일이다!"

이를 본 사람들로 순식간에 계곡은 온통 아우성이 가득했습니다. 놀러 온 사람들은 모두 황급히 계곡을 벗어나려 애썼습니다. 선생님은 침착하게 아이들에게 말했습니다.

"애들아! 우리도 어서 대피하자! 짐은 버리고 모두 몸만 일어나!"

아이들은 모두 당황하며 선생님 곁으로 몰려들었습니다.

"이럴 때일수록 침착해야 돼. 서로들 친구 손을 잡고 한 명이라도 놓치면 안 되는 거야!"

"네, 선생님."

아이들은 서로서로 손을 꼭 쥐었습니다. 아이들의 머릿수를 헤아려 본 엘리자베스 선생님은 앞장서 걷기 시작했습니다.

"빨리 산을 내려가자. 주차장까지 가서 우리 버스를 타면 안전할 거야."

땅은 점점 더 세게 흔들렸습니다.

"선생님 연기가, 연기가……."

뒤를 돌아다보니 아까는 조금 피어오르던 연기가 이제는 본격적으로 치솟으면서 마구 불덩어리 같은 것이 튀어 오르는 것이 보였습니다. 사방에서 사이렌이 울리며 경계 방송이 요란하게 울려 퍼졌습니다.

"화산이 폭발하려고 합니다. 모두 대피하십시오!"

우왕좌왕하는 사람들 사이를 뚫고 엘리자베스 선생님은 아이들을 침착하게 이끌었습니다. 계곡을 달려 내려가는 길에는 사람들이 모두 뒤엉켜 달려가기 바빴습니다. 선생님은 아이들이 맞잡은 손이 끊기지 않나 보면서 빠른 걸음으로 걸었습니다.

"뛰지 마! 뛰지 마!"

아이들은 선생님의 침착한 지도에 따라 계곡을 빠져나오기 시작했습니다. 저 아래 주차장에 도착하자 기다리고 있던 버스 기사인 샘 아저씨가 팔을 휘저으며 펄쩍펄쩍 뛰고 있었습니다.

"선생님, 어서 오세요! 여기에요, 여기!"

샘 아저씨는 눈치 빠르게 주차장 입구에 버스를 대 놓고 있었습니다. 다른 버스 기사들은 학생들이 오거나 관광객이 올 때까지 어쩔 줄 몰라 했습니다. 손님을 기다리지 않고 도망가는 기사도 있었습니다. 아이들과 함께 버스에 황급하게 오르자 선생님은 말했습니다.

"우린 한 명도 빠진 애들 없어요. 빨리 출발하세요!"

"네!"

샘 아저씨는 재빨리 차를 몰아 길을 빠져나갔습니다. 여기저기에서 화산 폭발로부터 조금이라도 멀리 도망치려는 사람들이 마구 쏟아져 나왔습니다. 맨 뒤에 앉아 있던 상철이는 고개를 돌려 뒷 유리창으로 피나투보 화산을 바라보았습니다. 화산은 본격적으로 연기를 내뿜더니 이윽고 마그마를 뿜어냈습니다. 뭉게뭉게 솟는 연기와 수증기는 마치 핵폭탄이 터진 것처럼 하늘 높이 올라갔습니다.

"선생님, 마그마가 쏟아져 나와요!"

아이들은 구경하려고 우르르 뒷자리로 왔습니다. 정말 마그마가 시뻘겋게 산꼭대기에서 용의 붉은 혀처럼 흘러내려 오는 것을 보고 아이들은 모두 두려움에 떨었습니다. 마그마가 닿는 곳마다 화재가 일어나 산은 금세 불길에 휩싸일 것만 같아 보였습니다. 하지만 선생님은 아이들을 진정시켰습니다.

"애들아, 걱정하지 마. 우리는 안전하게 학교까지 갈 수 있을 거야."

멀리 보이는 화산은 폭발하고 있었지만 그 위험이 버스에까지 미칠 것 같진 않았습니다. 다행히 그날 상철이네 학교 아이들은 무사히 화산 폭발 현장에서 빠져나와 집에 돌아올 수 있었습니다.

그날 저녁 아빠도 평소보다 일찍 귀가했습니다.

"상철이, 오늘 트래킹 괜찮았어?"

"네, 아빠. 무사했어요. 그런데 화산이요, 마그마가 막 쏟아져 내려오는데 우와, 무서웠어요."

"그래그래, 다행이다. 아빠도 걱정 많이 했어."

엄마인 줄리안은 걱정스러운 얼굴로 아빠를 바라보았습니다. 아빠는 엄마와 눈을 마주치며 말했습니다.

"화산이 폭발해서 큰일이야. 관광객들이 끊어질 것 같아."

뉴스를 틀어 보니 텔레비전에는 온통 피나투보 화산이 폭발한 이야기만 보도되고 있었습니다. 폭발 지속 시간, 분출물의 양 등으로 계산해 본 화산폭발지수가 6을 기록했다고 했습니다. 그건 유럽 항공 대란을 일으킨 아이슬란드 화산 폭발의 10배 강도였습니다. 50억 톤의 마그마가 마을을 덮쳤고, 엄청난 양의 화산 가스와 화산재가 하늘을 가렸다고 방송국 기자가 카메라 앞에 나서 보도했습니다.

"한국 관광객들이 오지 않으면 어떡하죠?"

엄마인 줄리안이 걱정스러워 물었습니다.

"글쎄, 지켜봐야지. 어쩌다 화산이 폭발했는지 모르겠어. 물론 사람 뜻대로 되는 건 아니지만……."

엄마 아빠의 얼굴에 수심이 가득 찬 것을 보며 상철이의 형인 상수와 동생 상민이는 불안함에 떨었습니다. 갓 태어난 아기만 아무것도 모른 채 방긋방긋 웃을 뿐이었습니다.

어려운 결정

화산이 폭발한 지 몇 달이 지났습니다. 화산 부근은 온통 쏟아져 나온 마그마가 식으면서 돌덩이가 되었고 그로 인해서 터져 나온 진흙과 계곡물들이 끓어넘쳐서 진흙이 수킬로미터 밖의 계곡을 덮쳤습니다. 사람 살던 마을도 쓸어 버렸고, 농경지는 황폐해 피해가 어마어마했습니다. 수백 명의 사람들이 죽거나 다쳤습니다. 필리핀 정부에서는 재해를 선언했고, 화산 부근에 사람들이 접근하는 것을 막았습니다.

상철이네 가족에게 심각한 피해는 없었지만 정말 큰일은 그때부터였습니다. 한국에서 오는 관광객들이 아빠의 리조트에 오지 않는 것입니다. 화산 지역의 비포장도로를 달리며 경치를 구경하던 사륜구동 지프차도 먼지만 뽀얗게 덮인 채 서 있었습니다. 아빠는 한국의 여행사들에게 매일 전화하기 바빴습니다.

"여보세요. 여기 클락의 리조트에요. 요즘 왜 한국 사람들이 관광을 안 옵니까?"

"노 사장님, 미안해요. 우리도 화산은 이미 다 폭발해서 위험하지 않다고 홍보하는데 한국 관광객들이 영 마음을 돌리지 않아요."

"오히려 화산 폭발 뒤에 구경할 게 많아졌습니다. 온천도 더 뜨겁고요. 아무 걱정 없다구요."

"글쎄, 그건 알겠는데 여기서도 관광객들이 안 가겠다는 걸 어쩝니까?"

"제발 좀 도와주세요. 여기 식당이라든가, 관광업 종사자들이 다들 죽을 지경이에요."

"시간이 좀 더 흘러야 할 것 같아요. 미안합니다. 그때까지 참고 기다리세요."

아빠가 전화 거는 곳마다 우울한 소식만 전해 왔습니다. 리조트 운영비와 직원 월급, 그리고 내야 할 공과금들이 다 부족해지고 말았습니다. 수입이 갑자기 줄어들어 버리자 아빠의 얼굴에는 주름살이 늘었습니다. 처음에는 저축해 놓은 돈을 썼지만 그도 이내 다 떨어지고 말았습니다. 도저히 이대로는 견딜 수가 없었습니다.

엄마와 아빠는 어느 날 밤 아이들을 재워 놓고 진지하게 이야기를 나눴습니다.

"여보, 도저히 견딜 수가 없어. 아이들 넷을 데리고 이 살림살이 수준을 계속 유지하면서 산다는 것은 어려워."

"어떡하면 좋아요? 살림을 더 줄일 수가 없는데……."

그 사이에 엄마는 가정부와 운전기사도 모두 해고했습니다. 월급을 줄 수 없었기 때문입니다. 아이들은 이제부터 차를 타는 게 아니라 학교까지 걸어서 가야만 했습니다. 음식도 옛날처럼 풍성하게 마음껏 먹을 수가 없었습니다. 몽키바나나는 구경도 못하고 돼지들이나 먹는 큰 바나나를 먹는일이 벌어졌습니다.

"아무래도 한국으로 가야 할 것 같아."

"하, 한국이요?"

엄마인 줄리안은 눈을 동그랗게 떴습니다. 남편의 고향인 한국은 결혼식 때 한 번 가 봤지만 아이들을 데리고 가야 된다는 사실이 엄마는 약간 두려웠습니다. 한국이라는 말이 아빠와 엄마를 과거로 돌려보냈습니다.

아빠는 원래 의사가 되겠다는 꿈을 가지고 필리핀으로 왔습니다. 필리핀 의대에서 공부해서 의사가 되면 남을 도울 수 있을 것 같았기 때문입니다. 하지만 남의 나라에서 어려운 의학 공부를 이어 간다는 건 정말 어려운 일이었습니다. 의대 공부를 몇 년 하던 아빠는 어느 날 관광객이 되어 작은 비행기를 타고 하늘로 올라갔습니다.

경치 구경을 위한 것이었기에 사람들은 모두 창밖의 풍경에 눈을 주고 있었습니다. 하지만 아빠는 경치보다 그 비행기를 조종하는 조종사가 너무나 멋져 보였습니다. 가까이에서 지켜보니 비행기 조종은 자동차 운전보다 훨씬 더 쉬워 보였습니다. 조종간을 당기면 비행기가 올라가고, 밀면 내려갔습니다.

"비행기 조종사가 되려면 어떻게 해야 합니까?"

아빠가 조종사에게 묻자 그는 별 이상한 승객 다 본다는 듯

어깨를 움찔했습니다.

"항공학교에 다니면 됩니다."

"공부가 어렵나요?"

"아니오, 학교 다니고 나서 실습을 하면 누구든 조종사가
되지요."

그 말을 들은 순간 아빠는 미래의 꿈으로 조종사를 선택했
습니다. 갑자기 골치 아픈 의대 공부가 눈에 들어오지 않았

습니다. 멋지게 창공을 날 수만 있다면 뭐든 할 수 있을 것 같았습니다.

집에 돌아오자마자 항공학교를 찾아가 등록을 했습니다. 비행기를 타고 하늘을 나는 것은 정말 멋진 일이었기 때문입니다. 생각만 해도 가슴이 설레었습니다. 다행히 항공학교에서는 아빠를 받아 주었습니다. 그래서 비행기의 구조에서부터 원리까지 기초부터 배우면서 공부를 시작하게 되었습니다. 그때 이 항공학교에서 만난 한국인 친구가 바로 엄마인 줄리안을 소개해 주었습니다.

"줄리안은 내 아내의 친구야. 마음씨 착한 여자니까 잘 사귀어 봐."

그때 대학을 다니던 줄리안은 그렇게 해서 아빠와 만났습니다. 두 사람은 그렇게 사랑에 빠졌고, 항공학교를 졸업하고 나서 한국으로 가 결혼식을 올렸던 것입니다.

"응, 이대로 필리핀 사람으로 우리 아이들을 살게 할 수는 없어. 한국 사람이 되게 해야 해. 한국은 선진국으로 부쩍부쩍 발전하고 있어. 앞으로 한국 사람이 되어야만 전 세계 어디든 다니면서 자유롭게 활동할 수 있으니까."

아빠는 이제 앞으로의 살 궁리를 해야 했습니다.

"하긴, 그래요. 필리핀 사람들보다 한국 사람들은 월급을 열 배 이상 받아요."

"필리핀에서 볼 때 한국 사람들은 선진국에서 온 사람들이라고. 필리핀 회사나 정부에서 대우를 잘해 주니까 그렇지."

필리핀에 사는 한국 사람들은 모두 상류층의 생활을 하고 있었습니다. 큰 집에 살고 있었고, 운전기사에 청소부, 가정부까지 두고 살았습니다. 얼마 전까지만 해도 상철이네도 그렇게 살았기 때문에 그 사실을 잘 알았습니다.

"계속 필리핀에서 아이들을 키워 필리핀 사람으로 만들면 큰 기회를 얻을 수 없어. 이제라도 우리 아들 사 형제를 한국의 문화와 전통을 이해하고 한국을 사랑하는 아이로 키워야겠어."

"맞아요. 필리핀에서 고생하며 사느니 모험심을 가지고 도전해 봐야겠어요."

"미국의 오바마 대통령을 봐. 흑인과 백인의 혼혈인데도 세계 최고 나라 대통령이 되었잖아."

오바마가 대통령이 된 것은 인류 역사상 가장 큰 사건이라고 할 수 있을 정도입니다. 미국에서 노예로 차별받던 흑인이 당당히 미국 최고의 리더가 되었기 때문입니다. 이것은 미국 사람들 생각의 틀이 변해 가는 증거입니다. 한국도 곧 그 뒤를 따라갈 거라 믿어 의심치 않았기에 아빠는 자신의 생각에 동조해 주는 엄마가 고마웠습니다.

"여보, 후회하지 않을 거야."

말없이 꼭 안아 주는 걸로 아빠는 엄마에게 감사를 표했습니다.

그 뒤 몇 주 동안 아빠는 한국으로 돌아가는 방법에 대해 이리저리 알아봤습니다. 그리고 하나씩 준비를 했습니다. 마침내 비행기 표를 사고, 한국 갈 준비를 다 마친 뒤 아빠는 아이들을 한자리에 모아 놓고 말문을 열었습니다.

"얘들아, 오늘 아빠 엄마는 중대한 결심을 너희들에게 알려 줘야 할 것 같아."

"그게 뭔데요?"

호기심 많은 상철이가 물었습니다.

"화산이 폭발한 이래로 우리가 살기가 어려워진 건 너희도

다 알지?"

철이 든 상수와 상철이는 아빠의 말에 고개를 끄덕였습니다.

"그래서 아빠랑 엄마는 결심을 했단다. 너희들을 모두 한국으로 보내기로 했어."

"네? 학교는 어떡하고요?"

깜짝 놀란 상철이가 물었습니다. 형인 상수도 말없이 아빠 엄마를 바라보았습니다.

"학교도 다 옮길 거야. 한국에 할아버지랑 큰아버지, 그리고 친척들이 다 살고 계시니까 그분들 도움을 받으면서 잘

커야 해. 한국은 세계에서 10위권에 있는 잘사는 나라야. 너희들이 아빠의 고향인 한국에서 교육을 받고 한국 사람으로 생활하면 나중에 더 큰 행복이 다가올 거야."

아빠는 한국이 얼마나 좋은 나라인지 말해 주며 꿈을 키우려면 한국 사람이 되어야 한다고 아이들을 설득했습니다. 상철이는 가슴이 부풀기 시작했습니다. 특히 한국에 가면 커다란 놀이동산이 있다는 말이 가장 기대가 되었습니다.

"아빠, 그러면 놀이동산에서 신나게 놀 수 있는 거예요?"

"그렇지, 얼마든지."

그때 상수가 불쑥 말했습니다.

"필리핀 친구들은 어떻게 하구요?"

아빠는 잠시 얼굴이 어두워졌습니다. 어린 시절 소중하게 사귄 친구는 무척 중요하다는 걸 잘 알았기 때문입니다. 아빠와 엄마를 이어 준 한국 친구는 지금 비행기 조종사가 되어 가끔 놀러 오곤 했습니다.

"그 점은 미안하다. 하지만 한국 가서 새로운 친구들을 사귀어야지."

"그러면 나 안 가요."

그 말을 들은 상철이가 싫다고 했습니다. 친구들은 학교에서 상철이를 중심으로 똘똘 뭉쳐 재미있게 지냈기 때문입니다.

"그러면 너 혼자 필리핀에서 살 거야? 필리핀에 사는 사람들 형편이 어떤지 네가 잘 알잖아?"

그 말을 듣고 상철이는 고개를 숙였습니다. 가난한 나라인 필리핀에서는 이렇다 하게 돈을 벌고 행복하게 살 수 있는 방법이 별로 없었습니다. 그것을 알았기에 상철이도 할 말이 없었습니다.

"너희들이 정말 원치 않는다면 필리핀에서 그냥 살 수도 있어. 그게 더 편할 거야. 익숙한 곳이니까…… 새로 한국말 배우느라 고생하지 않아도 되고…… 하지만 이건 굉장히 중요한 문제야. 만약에 한국에 갔다가 너희들이 모든 걸 포기하고 다시 필리핀으로 돌아오게 된다면 안 가는 게 낫지. 하지만 한 번 가면 끝장을 봐야 된단다. 돌아올 수 없어. 해낼 수 있겠어? 이건 로마의 시이저가 루비콘 강을 건너가는 거나 마찬가지야."

로마의 위대한 장군이던 시저는 지금의 프랑스 지역인 갈리아로 쳐들어가 큰 승리를 거두었습니다. 그리고 그 지역을 통치하는 총독이 되었습니다. 그런데 시저의 세력이 너무 커지니 로마를 지배하던 원로원에서는 시저의 힘을 빼앗기로 결심했습니다. 원로원은 시저에게 군대를 해산하고 로마로 돌아오라고 명령을 내렸습니다. 그건 한마디로 시저를 없애 버리겠다는 뜻이었습니다. 그때 로마로 군사를 이끌고 돌아오던 시저는 루비콘 강 앞에 섰습니다. 이 루비콘 강만 건너면 바로 로마입니다. 어느 장군이든 이 강을 건널 때는 군사를 이끌고 갈 수 없습니다. 시저는 원로원의 명령을 거부하기로 결심했습니다. 만일 군사들을 이끌고 가지 못하면 시저는 로마에서 기다리는 라이벌 폼페이우스에게 죽을 수밖에 없기 때문입니다. 그때 시저는 군사들을 향해 외쳤습니다.

　"주사위는 던져졌다!"

　고민을 마친 시저는 과감히 군대를 이끌고 루비콘 강을 건너 로마로 진격했습니다. 그러고는 마침내 라이벌인 폼페이우스를 물리치고 로마의 황제가 되었습니다. 그때부터 죽을 각오로 결정하는 걸 사람들은 루비콘 강을 건넌다고 했던 것입니다.

상수와 상철이를 비롯한 형제들은 듣고 보니 아빠 말도 맞는 것 같았습니다. 한 번 갔다가 다시 돌아오는 건 이도 저도 아닌 일이었던 것입니다.

"그러면 우리 필리핀은 어떡해요? 불쌍하잖아?"

셋째인 상민이가 귀엽게 말했습니다.

"너희들이 한국에서 크게 성공해서 필리핀을 도와주면 되지 않니? 필리핀에 도움도 되고 한국에 도움도 되는 사람이 되면 너희들은 영어랑 타갈로그어랑 한국어 세 개를 다 할 수 있게 되는 거야."

여러 개의 언어를 쓰는 사람은 한 언어만 쓰는 사람보다 생각이 훨씬 열려 있다고 학자들이 밝혔습니다. 더 나아가 여러 개의 언어를 쓸 수 있다는 건 경쟁력인 동시에 힘이 될 수 있었습니다. 그렇기에 아빠의 나라인 한국에 가서 한국 사람으로 살아야만 더 큰일을 하고 태어난 나라인 필리핀을 도와줄 수도 있겠다는 생각이 상철이에게 들었습니다.

"그럼, 우리 가족 모두 힘들겠지만 한국으로 가는 거 결정
된 거지?"

"네."

"그럼, 다 함께 파이팅 한번 해."

아빠가 먼저 손을 내밀자 그 위에 엄마가 손을 얹었습니다.
상수와 상철이, 상민이까지 손을 얹고 아빠의 하나 둘 셋에
일제히 손을 들었습니다.

"파이팅!"

그렇게 해서 상철이네 가족은 한국으로 가 자랑스러운 한국 사람이 되기로 결심을 했습니다.

하지만 이건 굉장히 어려운 일이었습니다. 한 곳에 뿌리박고 잘 자라는 나무를 갑자기 뿌리째 파서 다른 땅으로 옮기는 것이나 마찬가지였기 때문입니다.

그 뒤 아빠는 집을 팔고 가재도구들을 헐값에 남에게 넘겼습니다. 이는 모두 한국에 갈 준비를 위한 것이었습니다.

상수와 상철이도 학교에 가서 한국으로 가게 되었다고 말했습니다. 친구들은 모두 섭섭해했지만 어쩔 수 없었습니다. 화산 폭발 이후 이곳을 떠나는 아이들이 무척 많았기 때문입니다. 피나투보 화산 덕분에 관광으로 먹고살던 사람들은 모두 일자리를 잃어 가고 있었습니다.

"상철아, 나도 떠나."

친구인 토니였습니다.

"우리 아빠도 이곳 클락 경제가 어려워서 다른 곳으로 가신대."

"그렇구나, 우리 나중에 이메일 교환하자."

"응, 나는 네가 부러워. 한국 같은 멋진 나라로 간다니까."

"미, 미안해."

"미안할 건 없어."

상철이는 한국으로 가는 자신을 부러워하는 친구도 있다는 생각에 두려움이 조금은 사라지는 느낌이었습니다. 갈 곳이 없어 학교에 못 나오는 어린이들이 늘어났기 때문입니다.

마침내 온 가족이 한국으로 돌아오는 하루 전날 마닐라에 도착한 상철이네 가족은 공항 부근의 호텔에서 짐을 풀었습니다. 마닐라 시내는 교통이 늘 막혀 있었습니다. 공기도 탁하고, 운전하는 사람들은 무척 사납고 빠르게 차나 오토바이를 몰았습니다. 깜박이도 켜지 않고 달려드는 자동차들은 마치 닿을 듯 말 듯 아슬아슬하게 운전을 했습니다. 형형색색으로 치장한 지프니들도 돌아다니고, 다양한 차량들이 요란한 소리를 내며 달렸습니다.

화려한 호텔의 시설을 둘러보며 가슴 설레었지만 내일이면 아침 일찍 일어나 필리핀을 떠나야 한다는 사실에 상철이는 마음이 무거웠습니다. 이곳을 떠나면 언제 다시 돌아올지 모른다는 생각에 번화한 마닐라의 화려한 구경거리도 상철이는 별로 눈에 들어오지 않았습니다.

1층 안에 2층

"어머, 한국에 돌아가는 거니?"

음료수를 제공하던 승무원 누나가 상큼한 미소를 지으며 상철이에게 물었습니다. 이미 비행기는 필리핀의 마닐라에 있는 아키노 공항에서 이륙해 서울로 방향을 잡고 있었습니다.

"네."

상철이는 고개를 끄덕였습니다. 사실 한국말을 알아듣기는 해도 잘 하지는 못했기 때문입니다. 옆에 있던 아빠가 승무원 누나에게 대신 말했습니다.

"필리핀에 살다가 처음 한국으로 가는 거예요. 아직 한국말이 서툴러요."

"어머, 그렇군요. 아들만 넷이네요. 한국 가면 좋으시겠어
요."

승무원 누나는 잠시 승무원실에 다녀오더니 장난감 비행
기와 크레파스, 그리고 노트 등을 가지고 왔습니다.

"심심할 테니까 이거 가지고 놀아."

"고맙습니다."

상수와 상철이, 그리고 상민이는 승무원 누나가 준 장난감
을 가지고 놀았습니다. 상철이는 작은 노트에 비행기를 그
렸습니다. 그리고 그 꼬리에는 오르락내리락하는 표시로 파
도 같은 무늬를 만들었습니다. 구름과 새도 그려 넣으니 제
법 잘 그린 그림이 되었습니다.

중간에 식사를 하고 간식을 먹으며 다섯 시간 정도 지나자 비행기가 드디어 인천공항을 향해 고도를 낮추기 시작했습니다.

"승객 여러분, 잠시 후 저의 비행기는 아시아의 중심인 대한민국 서울의 인천공항에 도착하겠습니다."

스피커를 통해 조종사의 인사말이 나오자 상철이는 창밖을 내다보았습니다. 섬에 만들어 놓은 거대한 영종도 공항을 내려보며 상철이는 입을 딱 벌렸습니다. 마닐라의 국제공항도 넓다고 생각했는데 인천국제공항은 상상을 초월했기 때문입니다.

"형, 저것 좀 봐. 어마어마해!"

상수도 밖을 내다보며 아무 말 하지 못했습니다. 공중에서 봐도 한국은 도로라든가 건물의 정리정돈이 아주 잘된 것 같았습니다. 창밖을 내다보며 새로운 땅 한국에서 어떻게 살아야 될지를 가슴 설레며 생각하던 상철이네 가족들은 모두 상기된 얼굴로 마주 보았습니다.

"그래, 저기가 바로 인천이야. 할아버지랑 큰아버지가 사는 서울하고 멀지 않단다."

"와, 멋있어요!"

아이들은 비행기가 고도를 점점 낮출수록 땅 위의 자동차가 개미 새끼만하다가 메뚜기, 잠자리, 참새, 오리, 개처럼 커지는 것을 구경했습니다. 비행기는 바다 위를 크게 돌아 이윽고 부드럽게 인천공항에 착륙했습니다. 바퀴가 활주로에 닿는 가벼운 충격을 느끼며 아이들은 창밖 풍경이 휙휙 스쳐 지나가는 것을 살펴보았습니다.

"드디어 다 왔다."

비행기가 완전히 정지하자 아빠가 일어나면서 말했습니다. 비행기에 탔던 사람들은 너도나도 자신의 짐을 꺼내기에 바빴습니다. 비행기에서 짐을 꺼내 내려온 뒤 긴 통로를 걸어서 입국 심사를 받고 더 큰 짐을 찾아 대합실로 나오니 저만치에서 기다리고 있던 할아버지와 할머니, 그리고 큰아버지, 큰어머니가 반겨 주었습니다.

"상철아! 상수야!"

"여기야! 여기!"

온 가족들은 모두 반갑게 끌어안고 기쁨의 눈물을 흘렸습니다.

"어디 보자! 내 새끼들."

할아버지는 전부 아들인 손자들 넷을 한아름에 안고는 기뻐 어쩔 줄 몰랐습니다. 할머니도 너무 반가워 손수건으로 눈물을 찍어 내고 있었습니다.

"할아버지, 할머니 안녕하세요?"

상수와 상철이 그리고 상민이는 일제히 연습한 한국말로 인사했습니다.

"오냐, 오냐! 한국말도 잘 하는구나. 이제 학교 가면 더 잘하게 된다."

하지만 상철이는 할아버지 할머니의 얼굴이 별로 밝지 않다는 게 이상하게 느껴졌습니다.

"어서 가자."

주차장으로 가니 큰아버지가 빌려 온 커다란 승합차가 기다리고 있었습니다.

"너희 식구가 대식구라 아예 차를 하나 빌렸다."

큰아버지가 문을 열어 준 차에 오른 아이들은 실내가 넓고 깨끗한 것이 무척 기분 좋았습니다.

"와! 멋지다!"

"신난다."

상철이는 창밖으로 보이는 공항에서부터 할아버지 댁까지의 모든 풍경을 다 외워 버리기라도 할 기세였습니다. 한 시간 정도 운전을 해서 상철이네 식구들은 모두 할아버지 댁에 모였습니다. 집은 크지는 않았지만 마당이 있는 주택이었습니다. 정원에 있던 개가 낯선 상철이네 식구들을 보자 마구 짖었습니다.

"컹컹컹!"

"이 녀석, 짖지 마!"

할아버지는 짖는 개를 꾸짖은 뒤 짐들을 풀게 해 주었습니다.

하지만 집에 들어와서 본 상철이네 식구들은 깜짝 놀랐습니다. 할아버지 댁 가구와 텔레비전 냉장고에는 모두 빨간 딱지가 붙어 있었던 것입니다.

"아니, 아버지! 이게 무슨 일이에요?"

아빠는 놀라 물었습니다.

"사실, 너한테는 얘기하지 않았다. 미리 알아봐야 좋을 것도 없고……."

할머니가 한숨을 내쉬며 할아버지를 바라봤습니다.

"내가 어리석게도 사기를 당했다."

그제야 할아버지는 비통한 얼굴로 말문을 열었습니다.

"형, 이게 어떻게 된 일이야?"

아빠의 물음에 큰아버지도 힘없이 대답했습니다.

"아버님 말씀 들어봐라, 휴!"

군대에서 오랫동안 지휘관을 했던 할아버지는 세상을 잘 몰랐습니다. 제대한 뒤 사기꾼의 달콤한 말에 넘어가 죽을 때까지 받게 되어 있는 연금을 한꺼번에 목돈으로 찾아 투자를 했던 것입니다. 투자한 돈을 받은 자가 돈을 떼어먹고 도망가는 바람에 이렇게 할아버지는 졸지에 빚쟁이가 되고 말았습니다.

"법원에서 와서 다 압류했어."

"그러면 이 집은요?"

"이 집에서도 쫓겨나게 생겼다."

"그러면 아버지, 왜 진작에 말씀 안 하셨어요?"

"어떡하냐? 너희들도 살기 힘들다는데…… 살기 힘들어 한국에 온다는데…… 우리가 망했다고 말할 순 없지 않냐? 어떻게든 가족끼리 모여서 어려움을 헤쳐 나가야지."

옆에서 듣고 있던 할머니가 눈물을 흘렸습니다.

"아이고, 여보. 우리가 어쩌다가 사기를 당해서 이 꼴이란 말이에요?"

큰아버지도 옆에서 아무 말 없이 고개를 숙이고 있었습니다.

"아이, 형님. 형님은 어떻게?"

"나도 같은 처지야. 아버지 대출받을 때 보증을 서서 나도 집에서 쫓겨나게 생겼어."

"그럼, 온 집안이 다 망한 거예요?"

"그런 셈이다."

아버지는 그 자리에서 주저앉았습니다. 크게 의지하고 온 한국인데 이곳 상황은 더 비참했습니다. 땅 밑으로 갑자기

뚝 떨어지는 것만 같았습니다.

한국말을 잘 못 알아듣는 엄마와 아이들은 눈만 깜빡였습니다. 아빠만 얼굴이 비통했습니다. 늑대 굴을 피하려다 호랑이 굴을 만난 격이었기 때문입니다.

"안 그래도 이 집에서 쫓겨나면 갈 방을 얻었다. 하지만 실오라기 같은 희망도 있다. 내가 국가유공자 신청을 했거든."

할아버지는 옛날에 월남전에 참전했던 국가유공자였습니다. 전투에 참가했을 때 총상을 입어 다리에 큰 흉터가 있었습니다. 젊은 시절엔 괜찮았는데 나이가 드니까 그때 다친 뼈가 틀어지면서 걷는 데 어려움이 생겼습니다.

하지만 할아버지의 체념한 듯한 어투에 아빠는 할 말을 잃었습니다. 어떻게 할 방법을 몰랐습니다. 이제 와서 다시 식구들을 필리핀으로 데리고 돌아갈 수도 없었습니다.

"나는 반지하 방 하나를 얻었다. 너희 식구들 아쉬운 대로 우리한테로 오려무나."

큰아버지는 말했습니다. 큰아버지네는 아이가 없어서 내외만 살고 있었던 것입니다. 할아버지네도 주변 친척들이 도와주어서 가까운 곳에 있는 반지하 빌라를 얻기로 했습니다. 방 한 칸에 부엌과 거실이 있는 조그마한 집이었습니다.

그날 밤 아이들은 할아버지 댁에서 잠이 들었지만 아빠와 엄마는 불확실한 한국의 현실 때문에 깊은 잠을 잘 수가 없었습니다. 다음 날 큰아버지와 할아버지가 각각 새로 얻었다는 집을 가서 보고 온 아빠는 얼굴이 더욱 어두워졌습니다.

"여보, 큰일이야. 우리 집안에 큰 어려움이 닥쳤어. 형님하고 아버님 사이에 얹혀 살아야 되는데 어쩌면 좋지? 두 집 가운데 하나를 결정해."

"당신은 어떻게 할 거예요?"

엄마는 아빠의 의견을 물었습니다.

"나는 다시 필리핀으로 가서 하던 일을 해야겠어. 한국에서 일자리 찾아보려고 했는데 당장 일하려면 필리핀에 있는 게 나아."

"우리 가족이 헤어진다는 말이에요?"

"어쩔 수가 없어, 당분간은……."

엄마는 현실을 받아들이고 현명하게 물었습니다.

"그러면 우리 아이들이 가야 할 학교는 어디에요?"

가야 할 학교는 귀국 학생들을 받아 주는 학급이 있는 명학

초등학교였습니다. 그 학교와 가까운 곳은 큰아버지네 집이었던 것입니다.

"그러면 우리 큰아버지네 집에서 살게요."

"방이 한 칸밖에 없는데 어떡하지?"

아빠는 미쳐 버릴 것 같았습니다.

그때 인테리어 일을 하던 큰아버지가 말했습니다.

"제수씨와 아이들이 우리 집에 온다면 내가 살 방법을 만들어 줄게."

"형님이 어떻게요? 방이 하나뿐인데."

"우리 사는 방을 2층으로 만드는 거야."

"네?"

"중간을 잘라서 2층으로 만들면 아이들은 키가 작으니까 다니는데 문제가 없고, 어른들은 누워서 잠만 자면 되잖아?"

궁여지책으로 큰아버지가 낸 아이디어였습니다.

"그, 그래두요."

"아니야, 그렇게 사는 사람들 많이 봤어. 가능하니까 걱정하지 마라."

옛날 우리나라에서 봉제공장에서 옷을 만들어 수출할 때

비좁은 공간을 둘로 나눠 많은 재봉사들을 집어넣어 일을 했던 기억을 되살린 큰아버지였습니다.

아빠는 일주일 뒤에는 돌아가기로 했습니다. 그렇기 때문에 한국에 머무는 얼마 남지 않은 시간에 빨리 이사도 해야 하고 방도 2층으로 만드는 일이 필요했습니다.

다음 날 아빠는 합판과 굵은 각목을 사서 큰아버지와 함께 공사를 시작했습니다. 서너 사람이 들어가 누우면 꽉 찰 방을 반으로 쪼개 중간에 2층 다락방을 만드는 것입니다. 큰아버지는 굵은 각목으로 기둥을 세운 뒤, 그 위에 합판을 맞춰 깔고 못을 박았습니다. 하루 동안 애써 노력한 뒤 장판을 깔자 드디어 2층에는 멋진 방이 생겼습니다.

"자, 여기에서 제수씨하고 아이들 넷이 생활하면 돼. 우리 부부는 밑에서 자고……."

큰아버지의 말을 듣고 아빠는 한숨이 나왔지만 어쩔 수 없었습니다. 당분간은 온 가족이 고생하는 수밖에.

그렇게 해서 방 한 칸을 위아래 둘로 나눠 2층에는 상철이네가 살고 아래에서 큰아버지가 살게 되었던 것입니다. 간신히 그렇게 만들어 놓은 뒤 아빠는 일주일 뒤에 필리핀으로

떠났습니다. 아이들은 처음 보는 2층방이 신기해 사다리로
몇 번이고 오르고 내리고 하며 재미있어 했습니다.

어려움의 시작

상철이와 상수는 큰아버지 댁 부근에 있는 초등학교에 들어가 귀국 준비반을 다녔습니다. 귀국 준비반은 해외에서 살다 온 아이들이 한국에 적응할 수 있게 하기 위해 만들어 놓은 학급입니다. 여러 나라에서 온 아이들이 한 반에 섞여 있었습니다. 외국에서 살다 온 아이들이라 함께 친하게 지낼 수 있었습니다. 선생님들도 그런 아이들을 잘 배려해 주었습니다. 전학 간 첫날 선생님은 학급 아이들 앞에 머쓱하게 선 상철이를 다정하게 소개했습니다.

"여러분, 필리핀에서 새 친구가 왔어요. 이름은 노상철. 상철아, 인사해라."

하지만 상철이는 한국어가 서툴렀습니다.

"안녕하세요? 노상철임다. 저는 필리핀에서 왔어요. 잘 부탁함다."

서툰 한국어로 말했지만 이것도 전날 큰엄마에게 배워서 연습한 것이었습니다.

아이들은 일제히 환영의 박수를 쳐주었습니다.

"상철이 잘했어요. 이제 한국어도 금세 늘 거예요. 저기, 민지 옆자리에 들어가 앉아요."

상철이는 통통하게 생긴 민지 옆자리에 앉았습니다.

"안녕?"

민지가 먼저 상철이에게 말을 건넸습니다.

"응. 아, 안녕."

"잘 부탁해. 난, 중국에서 왔어."

민지는 활달한 아이였습니다. 약간은 주눅이 든 상철이에게 큰 도움이 될 것 같았습니다. 담임선생님은 아이들에게 환한 얼굴로 말했습니다.

"너희들은 모두 외국에서 살다 온 경험이 있으니까 서로 통할 거야. 친하게 지내야 한단다. 왜냐하면 너희들은 우리

사회에 소중한 인재들이니까. 외국어를 할 수 있으니 얼마
나 좋으니? 내 생각에는 두 개의 외국어를 하는 아이들은 아

주 똑똑하고 생각도 탄력성이 있단다. 너희들은 커서 훌륭한 인재가 될 거야. 그러니까 꼭 자긍심을 갖도록 해.”

선생님은 이렇게 아이들을 격려해 주었습니다.

귀국 준비반은 수업도 여러 나라 말을 섞어 진행되었습니다. 그리고 다양한 문화를 소개하는 시간도 많았습니다. 각자 살다 온 나라의 민속 의상을 입고 오는 날도 있었고, 외국 노래를 부르며 그 나라 음식을 갖고 와 나눠 먹기도 했습니다. 그런 분위기에서 상수와 상철이는 친구들을 금세 사귀기 시작했습니다.

몇 주 뒤 상철이에게도 친구가 생겼습니다. 베트남 다문화 가족인 우람이었습니다. 우람이와 상철이는 학교가 끝나면 방과 후 수업도 함께 들었습니다.

“우리 집에 놀러 가자.”

하루는 우람이가 상철이를 자기 집으로 초대했습니다. 한국에 와서 친구의 집에 초대받기는 처음인 상철이었습니다. 다른 친구들은 어떻게 사나 궁금해 따라가 보았습니다. 골목길로 막 올라가더니 우람이는 자기 집을 알려 주었습니다.

“여기야, 우리 집.”

낡은 단독주택 앞에서 우람이가 상철이를 안내했습니다. 대문으로 들어가는 것이 아니라 옆으로 담장을 돌아가니 쪽문이 있었습니다. 그 문은 우람이네만 쓰게 만든 것이었습니다.

"어서 들어와. 우리 엄마는 공장에 일하러 가셨어."

우람이네 집은 햇빛이 안 들어와 불을 켜야만 했습니다. 하지만 거실에 방이 두 개나 있고 화장실과 부엌도 제대로 갖춘 집이었습니다.

"와! 너희 집 넓다!"

"히히, 우리 집 보고 넓다는 애는 처음이다."

우람이와 상철이는 라면을 끓여 먹고 컴퓨터 게임을 같이 했습니다.

두어 시간 뒤 상철이는 집으로 돌아왔습니다. 헤어져 오면서 상철이는 말했습니다.

"우람아, 내일은 우리 집에 와."

"그래, 내일은 너희 집에서 놀자."

약속을 단단히 했습니다. 집에 온 상철이는 2층 방에 앉아 동생에게 젖을 먹이는 엄마에게 조심스럽게 물었습니다.

"엄마, 나 내일 친구 데리고 와도 돼요?"

"무슨 친구?"

"우리 반에 우람이라고 있는데 오늘 걔네 집에 놀러 갔었어. 그래서 내일 우리 집에 데리고 오려고……."

"상철아, 너 정신이 있니? 지금 우리 집을 봐. 우리 식구 사는 것도 눈치가 이렇게 보이고, 스트레스 받는데 어떻게 친구까지 불러와?"

그 말은 맞았습니다. 친구들을 집에 데려올 수는 없었습니다. 비좁은 단칸방을 2층으로 나눠 놓은 집에 와서 놀 곳도 없고, 그렇게 되면 집안이 바글바글 시끄러워지기 때문입니다.

처음에 올 때는 힘들고 어려워도 가족이 힘을 합쳐 살기로 했습니다. 큰아버지와 큰엄마는 말했습니다.

"제수씨, 조금만 버티면 좋은 일이 생길 거예요."

"동서, 힘들더라도 어서 한국말 배워서 자립을 해."

그런 말은 참 용기를 주는 고마운 말이었습니다. 엄마는 감사의 눈물을 흘리며 하루라도 빨리 이 어려운 형편에서 벗어나야겠다고 생각했습니다. 그리고 자신들의 비좁은 공간을 쓸 수 있게 내준 큰아버지 내외에게 감사의 마음이 뭉게구름처럼 솟았습니다.

비좁지만 한 집에 사니 좋은 점도 있었습니다. 부엌에서 엄마와 큰엄마가 같이 요리를 하고 큰아버지는 아이들과 놀아 주었습니다.

"역시 집에는 아이들 소리가 나야 해."

"그러게 말이에요. 이러니 사람 사는 것 같아요."

큰아버지 내외는 이렇게 조카들을 귀여워해 주었습니다. 하지만 그것도 잠시였습니다. 시간이 흐를수록 비좁은 공간에 많은 식구가 함께 사는 것은 보통 어려운 일이 아니었습니다. 노동일을 하는 큰아버지는 낮에 힘들게 일을 합니다. 해만 떨어지면 집에 들어와 쉬어야 다음 날 새벽에 일찍 일하러 나갈 수가 있습니다. 그렇기에 집에 와서 푹 쉬는 것이 무척 중요합니다.

그런데 2층에 사는 상철이네는 갓난아기가 있었습니다. 막내 때문에 엄마는 자다가도 일어나 젖을 먹여야 합니다. 하루 이틀 시간이 흘러가자 큰아버지는 피로가 점점 쌓여 갔습니다. 아이들이 위에서 떠들고 뛰는 소리도 잠자는 데 방해가 되었습니다.

"얘들아, 조용히 좀 해라!"

큰아버지가 자다가 짜증 섞인 목소리로 이야기하면 아이들은 잠시 조용했습니다. 하지만 이내 잊어 먹고 떠들거나 보채며 칭얼댑니다. 이럴 때면 엄마인 줄리안은 살얼음판을 걷는 것 같았습니다. 아이들을 꼭 끌어안아 주었습니다. 하지만 아이들은 철이 없어 큰아버지가 쉬어야 된다는 사실을 잊고 좀이 쑤셔 몸부림을 치곤 했습니다.

시간이 흐를수록 식구들은 서서히 스트레스가 쌓여 갔습니다. 엄마는 견딜 수가 없었습니다. 사생활도 없고, 위에서 나는 소리가 아래에 다 들리고, 아래 소리가 위에 다 들리는 이런 집에서 생활을 하고 있는 것이 견딜 수가 없었던 것입니다.

'아, 어서 좀 넓은 집에 가서 살고 싶다.'

엄마는 아이들이 학교에 가고 혼자 남게 되면 그런 생각을 했습니다. 하지만 이건 아빠가 돈을 많이 벌어 보낼 때라야 가능한 일이었습니다.

이때 아빠는 아빠대로 필리핀에서 혼자 남아 리조트를 운영해 보려고 애를 썼지만 푼돈을 모아서 한국에 보내는 일이 결코 쉽지만은 않았습니다.

하루는 큰아버지가 일이 없어 낮에 쉬게 되었습니다. 비가 왔기 때문입니다. 공교롭게도 평소에는 밖에서 놀던 상철이와 상수가 밖에 비가 오자 집으로 들어왔습니다. 2층 방에 올라간 아이들은 처음엔 아래층에서 잠을 자는 큰아버지를 생각해 조용히 놀았습니다. 그런데 상민이와 상철이의 다툼이 일어났습니다. 철없는 상민이는 상철이에게 장난감 카드를 달라고 떼를 쓰기 시작한 것입니다.

"형, 카드 나 갖고 싶어! 으아아앙!"

"안 돼! 안 된다고!"

"아아앙!"

상민이가 마구 울며 발버둥을 치자 밑에서 쉬고 있던 큰아버지가 마침내 견디다 못해 폭발하고 말았습니다.

"이 녀석들아! 사람 좀 살자! 왜 이렇게 떠드는 거냐! 정말 미치겠다!"

그 소리에 놀란 상민이는 크게 울었고, 상철이도 무서워 오들오들 떨었습니다. 그때 마침 장을 보러 갔다 집에 돌아온 엄마는 이걸 보고는 들고 온 짐을 그 자리에서 떨어뜨렸습니다.

"흑흑흑!"

눈물을 흘리며 그대로 집 밖의 가게 앞 공중전화로 달려가 필리핀에 있는 아빠에게 전화를 걸었습니다.

"여보세요!"

아빠가 전화를 받자마자 엄마는 퍼부었습니다.

"여보, 이대로는 도저히 못 살겠어! 이 문제를 해결해 줘! 어떡하면 좋아?"

"왜, 무슨 일이야?"

"아, 큰아주버님 댁에서 하루도 못 살겠어! 미칠 것 같아."

필리핀에 있는 아빠는 자초지종을 듣고 답답했습니다. 어

떡하면 좋을지 알 수 없었기 때문입니다. 당장 달려갈 수도 없고, 필리핀에 있는 자신에게 한국에 있는 아내가 이렇게 하소연을 하니 답답하기만 했습니다. 하지만 아내의 마음이 전혀 이해가 안 되는 게 아니었습니다. 그래서 할 수 있는 일이라고는 그저 다독이는 수밖에 없었습니다.

"여보, 진정해. 내가 잘 말씀드려 볼게. 마음 가라앉히고 가서 아이들 조용히 시키고, 형님에게도 죄송하다고 해. 어쩌겠어. 형님네 집에 우리가 민폐 끼치는 게 사실인 걸."

엄마는 그래도 아빠에게 퍼붓고 나니 조금은 스트레스가 풀렸습니다. 다시 마음을 가다듬고 집으로 발걸음을 옮겼습니다. 집에 가 보니 큰아버지는 다시 잠이 들었고, 상철이와 상민이는 밖에 나와 있었습니다.

이렇게 어른들의 관계는 점점 어색해지고 냉랭해져서 더 이상 어쩔 수 없는 지경이 되어 가고 있었습니다. 그러니 상철이가 친구 우람이를 데리고 집에 놀러 간다는 건 거의 불가능한 일이었습니다.

다음 날 학교에 간 상철이는 우람이에게 말했습니다.

"우람아, 미안해. 우리 엄마가 놀러 올 수 없대."

"왜?"

"응, 우리 집에 식구가 좀 많아. 그래서……."

"알았어."

우람이는 대수롭지 않게 넘어갔습니다.

귀국 준비반에서 몇 달 생활을 하자 엄마는 어느 날 아이들에게 물었습니다.

"너희들, 이제 버스 타고 학교 다닐 수 있겠어?"

"응, 엄마 갈 수 있어요."

"우리가 얼마나 잘 다니는데? 버스도 다 알고 지하철도 다 알아."

아이들은 적응이 빨랐습니다. 이미 부근 지리를 전부 알고 있었던 것입니다. 그 말을 들은 엄마는 아빠에게 전화를 걸었습니다.

"여보, 우리 큰아버지 댁에서 더 이상 못 살겠어요. 아버님 댁으로 가고 싶어."

"정말이야?"

"응, 아버님 댁은 그래도 방과 거실이 있잖아. 조금이라도 숨통이 트일 것 같아."

안 그래도 할아버지는 가끔 와서 엉터리 2층집에 살고 있는 아이들을 보면서 한숨만 내쉬곤 했습니다.

"그럼, 할 수 없지. 아버님한테 부탁해 볼게."

몇 주일 뒤 드디어 할아버지 허락이 떨어졌습니다. 집으로 오셔서 엄마와 상철이, 상수에게 말씀하셨습니다.

"너희들 비좁지만 우리 집으로 가서 살자."

말이 떨어지자마자 금세 이사를 준비했습니다. 하지만 이사랄 것도 없었습니다. 가져온 짐도 없고, 옷가지만 가지고 가면 되기 때문에 가방을 싸서 엄마인 줄리안과 아이들은 집을 나섰습니다. 큰아버지와 큰엄마는 섭섭해했습니다.

"미안하다. 같이 살아야 하는데 너무 사는 게 힘들구나."

"괜찮아요."

엄마는 이제 배우기 시작한 한국어로 환하게 웃으며 인사를 했습니다.

"할아버지, 할머니하고 사는 게 조금은 나을 거야."

이삿짐을 날라 주며 큰아버지는 아무 말도 하지 않았습니다. 이 모든 것이 어려운 살림살이 때문이었습니다. 큰아버지도 아이들을 귀여워하고 사랑하는 사람이었는데 이질적인 가족이 한군데 섞여 사는 일이 결코 쉬운 일이 아니었던 것입니다.

할아버지 댁은 큰아버지 댁과 크게 다르지 않았습니다. 학교에서 버스로 서너 정거장 떨어져 있는 곳이었는데 반지하인 것은 마찬가지였습니다. 계단을 내려가 문을 열고 들어서자 바로 부엌이 있고, 부엌 옆에 거실과 방이 하나 있었습니다. 할아버지는 아이들에게 말했습니다.

"이 방에서 우리 며느리랑 아이들이 살아라."

"할아버지는 어디서 주무실 거예요?"

"난, 요 거실에서 자면 되고, 너희 할머니는 여기 문간에서 자면 돼. 난, 이제 우리 식구들도 늘고 했으니 먹고 살 방안을 찾아봐야겠다. 어디 주차장 경비라도 해야지."

그렇게 해서 손바닥만한 집에 일곱 식구가 살게 되었습니다. 그래도 방문을 닫으면 식구 다섯 명이 한 방에 살 수 있다는 사실이 천국에서 사는 것만 같았습니다. 상민이가 마구 뛰어도 아무도 뭐라 하지 않습니다. 그리고 상철이와 상수도 이제는 친구를 집에 데려올 수 있을 것 같아서 안심이 되었습니다. 엄마도 한숨을 돌렸습니다.

이제 귀국 준비반이 끝나 부근에 있는 학교로 전학할 때까지만 아이들이 고생하면 됩니다. 조금씩 삶의 희망이 보이는 것 같았습니다. 이렇게 온 집안이 바글대도 할아버지 할머니는 싫어하지 않았습니다. 옛날에 대가족으로 살던 시절 생각이 나서 오히려 무척 행복했던 것입니다.

쏟아지는 비

할아버지 댁에 함께 살면서 아이들은 안정을 얻었습니다. 비록 비좁았지만 옹기종기 어울려 사는 것이 할아버지, 할머니의 시름도 잊게 해 주었습니다. 사기당했던 아픔도 아이들만 보면 쉬 잊혔던 것입니다.

하지만 필리핀의 아빠는 여전히 힘들었습니다. 피나투보 화산이 폭발된 뒤로는 돈벌이가 영 되지 않았기 때문입니다. 하루는 힘든 목소리로 엄마에게 전화를 걸어 왔습니다. 아빠는 한국에서 장만한 인터넷 전화기를 가지고 갔기 때문에 통화는 아무리 많이 해도 돈이 별로 들지 않았습니다.

"여보, 아이들 다 잘 있지? 아버님, 어머님도······."

"네, 걱정 말아요. 여기는 훨씬 편해졌어요. 당신은 어때요?"

엄마는 며칠 전에도 통화했지만 다시 걸려 온 아빠의 전화가 반가웠습니다.

"나도 잘 있어. 그런데 영 돈벌이가 안 돼. 돈 많이 벌어서 당신에게 보내 준다고 했지만 관광객들이 늘어나질 않아."

"기운을 내세요. 나도 열심히 살게요."

"당신 아직도 한국말이 늘지 않았네. 이제 집도 안정되었으니까 근처의 한국어 가르치는 곳에도 다녀. 어서 한국말을 해야 아이들 공부도 봐주고 한국 생활도 익숙해지지."

"알았어요. 가까운 곳에 다문화가족지원센터가 있어요. 가볼게요."

타갈로그어로 대화하는 전화를 끊고 나서 엄마는 며칠 뒤 이웃의 태국에서 온 아줌마에게 다문화가족지원센터가 어디에 있는지 알게 되었습니다. 엄마가 찾아간 곳은 신월5동 주민센터 안에 있는 다문화가족지원센터였습니다. 다문화가족지원센터는 나라에서 만들어 놓은 다문화 가정을 지원하는 곳이었습니다. 하는 사업도 무척 다양했습니다. 결혼

해서 우리나라에 온 결혼 이민자에게 한국어를 교육하는 건 기본이었습니다. 그밖에도 다문화 가족의 한국 생활에 필요한 정보를 제공하고 부부나 부모, 그리고 자녀 관계를 개선하는 상담이나 교육도 했습니다.

센터장님은 엄마에게 친절하게 다문화가족지원센터에서 도와줄 수 있는 것을 말해 주었습니다.

"한국에 온 외국인들은 대개 자신들의 나라보다 좀 더 나은 생활을 하려고 온 적극적이고 진취적인 사람들이에요. 그런데도 우리는 그 사람들을 가난하고 도움이 필요한 사람으로 잘못 알고 있어요. 우리 생각이 잘못된 거지요."

"그런 것 같아요."

"줄리안은 아직 한국어가 서투니까 일단 한국어 공부부터 열심히 하세요. 그렇게 되면 필리핀 사람들은 영어를 잘 하니까 통역할 일이 많아요. 통역 일은 돈도 많이 주는 고급스러운 일이랍니다."

"네, 열심히 할게요."

"그리고 여기에는 고향인 필리핀 사람들도 몇 명 오니까 함께 친하게 지내세요."

"감사합니다."

"지금은 다문화 가족을 대표하는 국회의원도 탄생했어요. 이자스민 씨가 그 사람이잖아요. 힘내세요."

엄마는 그 뒤 다문화가족지원센터에 자주 가서 상담도 받고 한국어도 공부하기 시작했습니다. 하지만 공부는 돈벌이가 아니었습니다. 나라에서 아이들이 넷이라고 지원이 나오긴 했지만 그걸로는 부족했습니다. 뭔가 돈이 될 만한 일을 해야만 했습니다.

"줄리안, 일 필요해요?"

다문화가족지원센터에서 만난 같은 필리핀 아줌마 아네스가 물었습니다.

"네, 돈 벌고 싶어요."

"내가 아는 지갑 공장이 있는데 거기 가서 일할래요?"

"정말요? 소개시켜 주세요."

그렇게 해서 엄마는 아네스 아줌마를 따라 공장에 갔습니다. 주택가에 있는 그 공장은 지갑을 만드는 곳이었습니다. 가죽에 본드를 발라 붙이는 일이 엄마의 할 일이었습니다. 옆 사람이 하는 걸 보고 요령을 배우면 금세 따라 할 수 있는 단순한 일이었습니다. 급료는 시간당 5천 원에 불과했지만 하루에 네 시간만 일해도 2만 원을 벌 수 있었습니다. 아이들이 학교에 가고 나면 막내만 할머니에게 맡기고 엄마는 오전 내내 공장에 가서 일을 했습니다. 오후가 되면 아이들도 돌아오고 막내를 너무 오래 할머니에게 맡기면 힘들기 때문입니다.

꼼꼼한 엄마인지라 지갑 공장 사장에게 금세 좋은 인상을 주었습니다. 일을 열심히 잘하니까 아예 직원으로 채용하고 싶어 했습니다.

"줄리안은 우리 회사에 직원으로 다녀. 아침에 출근해서 저녁에 가면 돼, 돈 많이 줄게."

사장은 엄마가 외국인이라고 아무렇지도 않게 반말로 말을 했습니다.

"안 돼요, 우리 애기가 어려요."

막내가 아직 두 살밖에 되지 않았기에 엄마가 꼭 곁에 있어야 했습니다. 할아버지, 할머니가 잠시 봐주긴 하지만 오랫동안 떨어져 있을 수는 없었던 것입니다.

"그러면 아르바이트로 와."

그렇게 해서 일을 하게는 되었지만 거친 화학약품과 딱딱한 가죽을 만지기에 손은 금세 거칠어졌습니다. 손이 곰발바닥처럼 두터워졌지만 몇 만 원씩 받는 돈으로 아이들 과자도 사 주고 책도 사 준다는 것이 엄마는 무척 기뻤습니다. 이런 고생 끝에 분명히 좋은 날이 올 것 같았습니다.

어느덧 겨울 방학이 끝나고 한 학년씩 올라가 새 학기가 되자 아이들은 드디어 동네에 있는 학교로 전학을 했습니다. 한국말도 부쩍 늘었습니다. 하지만 아직 학교 수업을 따라갈 정도로 실력을 쌓지는 못했습니다. 형인 상수는 중학교로 갔고, 상철이는 4학년으로 들어갔습니다.

처음 동네 학교로 전학 가서 인사하는 날 선생님은 멋지게 상철이를 소개해 주었습니다.

"얘들아, 얘는 노상철이야. 아빠는 한국 분이고, 엄마는 필리핀 분이시란다. 한국에 온 지 일 년 정도밖에 되지 않았으니까 너희들이 많이 도와줘."

"네!"

"너희들 내가 퀴즈 하나 낼게. 맞춰 볼래?"

아이들은 갑자기 선생님이 무슨 퀴즈를 낸다는 건가 의아
했습니다.

"전 세계에서 해외에 가장 많은 국민을 내보낸 나라가 어
딘지 아니?"

그러자 여기저기서 아이들이 대답했습니다.

"중국이요!"

"아니에요, 이스라엘이에요."

그러자 선생님은 웃으며 대답했습니다.

"호호, 이럴 줄 알았다. 미안하지만 인구 비율로 봐서 가장
다른 나라에 가서 많이 사는 나라는 바로 우리나라란다."

"네?"

"말도 안 돼!"

아이들은 모두 놀랐습니다. 하지만 그건 사실이었습니다.
우리나라의 해외 동포는 170여 개 국가에 682만 명이 살고
있습니다. 이건 한국 인구 10명 가운데 1.4명, 무려 14% 가까
이 해외에 사는 꼴입니다. 인구가 많은 중국이 13억 인구에
고작 5천 5백만 명이 해외에 살고 있어 1.8%에 불과합니다.

"우리나라 사람들은 해외에 가서도 얼마나 부지런하고 진

취적인지 몰라. 경제적으로 잘 살고, 자녀들도 좋은 대학에 다닌단다. 그러니까 우리는 상철이 같은 친구를 따돌리거나 차별하면 안 되는 거야. 해외에 나가 있는 동포들을 생각해서라도."

"네."

아이들은 몰랐던 사실을 알게 되어 모두 상철이를 반갑게 맞이해 주었습니다.

하지만 한국말을 잘 못하고 가난하다는 사실은 다른 아이들에게 왕따를 당할 수 있는 소지도 있었던 것입니다. 얌전히 지내도 어느 반에서든 그런 아이들을 못살게 구는 아이들이 꼭 있게 마련이었습니다.

하루는 민복이라는 덩치가 큰 아이가 상철이에게 와서 먼저 말을 걸었습니다.

"야, 너 필리핀 말 한번 해 봐."

"왜, 왜 그래?"

"필리핀도 말이 있을 거 아냐?"

필리핀 말은 타갈로그어입니다. 대개 영어를 공용어로 쓰고 있지만 타갈로그어도 많이 사용합니다. 필리핀 마닐라를

중심으로 하는 루손 섬 중부, 민도로 섬 등에 분포하는 타갈로그족의 언어가 바로 그것입니다. 필리핀 인구의 반에 가까운 1,400만여 명이 이 언어를 쓰고 있습니다.

"응, 근데 왜?"

더듬거리며 상철이가 물었습니다.

"필리핀에서 왔으니 필리핀 말 잘할 거 아냐? 안녕하세요가 뭐냐?"

그 말에 다른 아이들도 호기심 어려 쳐다봤습니다. 정말 궁금했기 때문입니다. 할 수 없이 상철이는 말했습니다.

"마간당 우마가. 이, 이건 아침 인사야."

"뭐 마간당? 막간다? 우헤헤헤!"

다른 아이들도 이상한 타갈로그어에 배꼽을 잡고 웃었습니다.

"마간당이래. 하하하!"

무슨 말을 하건 안 하건 이미 이렇게 되면 아이들의 웃음거리가 될 게 뻔했습니다. 이제는 그저 가만히 있는 수밖에 없었습니다.

"야, 그럼 감사합니다는 뭐냐?"

"……."

"야, 너 말 못 하는 벙어리냐? 헤헤헤!"

그렇게 한번 웃음거리를 만든 뒤 민복이는 자주 상철이에게 와 집적댔습니다. 조금 거칠고 공부도 잘 못하는 민복이는 아이들을 주먹으로 다스리려고 하는 그런 아이였습니다. 그러다 보니 약하고 만만한 상대로 상철이를 잡은 것입니다. 툭하면 한 대씩 때리고 머리카락을 잡아당기며 괴롭혔지만 상철이는 참았습니다. 이런 과정을 이겨 내야만 한다는 생각이 들었던 것입니다. 다른 아이들은 부모님과 함께 맛있는 것도 먹으러 외식도 하고, 놀이공원도 간다지만 그것도 못하는데 학교에 와서도 왕따까지 당하니 정말 괴롭다는 생각이 들었습니다.

"야, 너희 필리핀으로 돌아가!"

어떤 아이들은 재미삼아 말했습니다. 그런 이야기를 들을 때면 상철이는 눈물이 흘렀습니다. 필리핀에 있는 친구들이 떠올랐기 때문입니다. 돌아가라고 하지 않아도 필리핀에서 즐겁게 살던 기억이 나는 상철입니다. 돌아갈 수 없는 처지가 너무 안타까웠습니다.

    아무에게도 이야기를 못하고 있었지만 엄마는 눈치를 챘습니다.

    "상철아, 왜 학교에서 오면 우울해하니?"

    "아, 아무것도 아니에요."

    "말해 봐. 누가 괴롭혀?"

    "……."

    상철이는 잠시 머뭇거리다 자초지종을 털어놨습니다.

    "휴우!"

    다 듣고 난 엄마는 한숨만 쉬었습니다. 한국말을 잘 못하는 엄마가 학교에 가서 따질 수도 없는 노릇이었습니다. 다문화가족지원센터에 갔을 때 엄마는 센터장님에게 이 문제를

상의했습니다.

"센터장님, 우리 아이들이 학교에서 따돌림을 당하고 괴롭힘을 겪어요."

"저런, 그런 일이 있었어요?"

"네, 상철이가 학교에 전학 가서 아이들에게 괴롭힘을 당하나 봐요."

엄마는 이야기를 들어주는 센터장님에게 모든 걸 다 말했습니다. 이 얘기를 들은 센터장님은 눈물을 글썽이며 이야기를 듣고 손을 꼭 잡아 주었습니다.

"줄리안, 걱정하지 말아요. 힘든 일이 있으면 꼭 좋은 일도 있을 거예요. 내가 어떻게 해서든지 도움을 줄 수 있도록 알아볼게요."

센터장님은 일단 학교의 담임선생님에게 전화를 걸었습니다. 그리고 이 사실을 자세히 의논했습니다.

"선생님, 그러니까 상철이에게 좀 더 신경을 써 주시고요. 기를 좀 살려 주세요."

"알았습니다. 그런 일이 있는 줄 잘 몰랐네요. 죄송합니다. 앞으로 잘 지켜볼게요."

통화를 마친 센터장님은 엄마에게 이 사실을 말해 주었습니다.

"앞으로 별일 없을 거예요. 그러니 걱정 말아요. 요즘은 학교에서 왕따시키는 일 있으면 아주 큰일 나요."

"고맙습니다, 센터장님."

"그리고 내가 볼 때 지금 당장 필요한 거는 줄리안네 식구가 부모님 댁에서 나와서 살 수 있는 임대아파트인데 내가 좀 알아봐 줄게요."

임대아파트에 가면 싼 임대료만 내고도 편안하게 살 수 있습니다. 그 이야기를 듣자 엄마는 정말 임대아파트에 가고 싶었습니다. 하지만 임대아파트라는 것은 원한다고 아무 때나 쉽게 들어갈 수 있는 게 아니었습니다. 빈 집이 나와야 하고, 자격이 갖춰져야 하기 때문입니다.

그 이야기를 듣고 집에 오는데 하늘에 구름이 잔뜩 낀 채 때아닌 봄비가 거세게 내리고 있었습니다. 우산을 쓰고 집에 오면서 엄마의 가슴에는 희망의 꽃 한 송이가 피어나려 했습니다.

포기하고 싶어

한밤중이었습니다. 상철이는 눈을 떴습니다. 갑자기 엄마가 찢어지는 듯한 소리를 질렀기 때문입니다.

"무무, 물이야! 물!"

엄마는 자다 깬 막내의 우유를 먹이려고 침대에서 내려오다 방바닥에 물이 흥건한 걸 보고 놀라 소리친 거였습니다. 그 소리를 들은 할아버지와 할머니도 벌떡 일어났습니다.

"아니, 이게 어쩐 일이냐?"

닫힌 현관문 틈으로 물들이 맹렬한 기세로 쏟아져 들어오고 있었습니다. 할아버지는 아이들을 깨우고 소리쳤습니다.

"얘들아! 물난리가 났다! 어서 일어나거라!"

아이들이 졸린 눈을 비비며 눈을 뜰 동안 할아버지와 할머니, 그리고 엄마는 가재도구를 닥치는 대로 들어 높은 곳에 올리기 시작했습니다. 책상 위와 탁자 위에는 순식간에 물건들이 그득해졌습니다. 할아버지가 억지로 현관문을 열고 밖을 내다보니 반지하 계단으로 물이 콸콸 넘쳐 들어오고 있었습니다. 도로를 강물처럼 흐르던 성난 물들이 빌라의 현관을 통해 쏟아져 들이치고 있었던 것입니다.

밖에서는 동사무소에서 하는 방송이 왕왕 울려 퍼졌습니다.

"주민 여러분! 급작스러운 호우로 홍수경보가 발령되었습니다. 조속히 대피소로 피신하십시오!"

"물을 막아야 해요!"

엄마는 황급히 옷가지와 걸레들을 들고 나가 현관문을 닫고 틈을 막으려 했습니다. 하지만 물살이 너무 거세 턱도 없었습니다.

"물을 퍼내자!"

할머니는 바가지로 물을 퍼내려 했지만 그것도 아무 소용이 없었습니다. 시커먼 밤하늘에서 쏟아져 내려오는 장대비는 마치 양동이로 퍼붓는 물폭탄 같았기 때문입니다.

"아휴! 이를 어째?"

빌라 위층 사는 사람들이 깨어나 계단 위에서 내다보며 안타까워했습니다. 하지만 그 사람들에게 물난리는 당장 급한 일이 아니었습니다. 낮은 반지하가 먼저 물에 차고 있었기 때문입니다. 몇몇 사람이 나서서 빌라 출입문으로 밀고 들어오는 물을 막아 보려고 걸레와 옷가지를 가져왔지만 역부족이었습니다. 악취 나는 흙탕물이 그대로 쏟아지는 데에는 방법이 없었습니다. 집안에 들어온 물이 순식간에 종아리까지 차올랐습니다. 온통 그릇이니 빈병들이 집안에 둥둥 떠다녔습니다. 물을 막아 보려던 할아버지는 결국 지쳐서 아이들에게 말했습니다.

"얘들아, 대피하자. 안 되겠다."

그때 방송은 계속 흘러 나왔습니다.

"시간이 없습니다. 주민 여러분들은 어서 목상초등학교에 마련된 대피소로 대피하시기 바랍니다!"

대피할 장소는 바로 상철이와 상수가 다니는 학교였습니다. 황급하게 소중한 물건만 챙겨서 집을 빠져나온 상철이네 가족은 학교 강당으로 갔습니다. 온통 쏟아지는 비를 맞으며 가족들은 덜덜 떨어야만 했습니다.

"어서들 오세요!"

강당 입구에는 공무원들이 나와서 자리를 배정해 주었습니다. 스티로폼을 깔고 할아버지와 할머니, 그리고 엄마는 한쪽 자리에 누웠습니다. 할머니는 통곡을 했습니다.

"아이고, 하늘도 무심하시지! 아이고, 물까지……."

할아버지는 지쳤는지 돌아누워 아무 말도 하지 않았습니다. 엄마인 줄리안은 난생 처음 겪는 이 물난리가 믿어지지 않았습니다. 상민이와 상철이를 포함한 네 아이는 스티로폼과 바닥 위에서 담요를 깔고 그대로 잠이 들었습니다. 악몽 같은 하룻밤이 그렇게 깊어만 가고 있었습니다.

다음 날 아침 대피소에서는 이재민들에게 라면과 먹을 것을 주었지만 상철이는 별로 먹고 싶은 생각이 들지 않았습니다.

"우리 집에 가 봐야 할 텐데."

할머니는 그대로 몸만 빠져나온 집이 걱정되었지만 지금 이 상태로는 도저히 갈 수가 없었습니다. 비는 오전 내내 그치지 않고 계속 내렸습니다. 때 아닌 비는 기상이변으로 수증기를 많이 품은 공기가 우리나라에 쏟아져 들어와 생긴 거라고 텔레비전의 재해방송에서 계속 설명을 했습니다.

"어쩜 좋아! 우린 이제 어쩜 좋아!"

실의에 빠진 엄마는 눈물만 흘리다가 핸드폰으로 다문화가족지원센터에 전화를 걸었습니다.

"센터장님, 물난리! 우리 집에 물이에요, 물!"

서툰 한국말로 엄마가 울부짖었습니다. 센터장님은 엄마의 전화를 받고 아침 일찍 달려왔습니다.

"줄리안, 어떻게 됐어요?"

"물이, 물이 들어왔어요!"

아침이 되자 비로소 비는 그쳤습니다. 하지만 세상은 온통 물난리가 났다는 이야기뿐이었습니다. 그래도 희망이 있는 것은 여기저기에서 온정의 손길이 몰려오기 시작한 것입니다. 자원봉사대원들도 오고 공무원과 군인들이 복구를 도와주러 출동했습니다. 사람들은 하나씩 둘씩 자기 집으로 돌아가기 시작했습니다.

"우리도 집에 가 보자."

할아버지가 앞장을 섰습니다. 엄마는 막내를 돌보기 위해 대피소에 남았고 상수와 상철이, 그리고 할아버지와 할머니가 집으로 향했습니다. 도착해서 본 집은 엉망이었습니다. 계단 입구까지 물에 잠겨 있었습니다. 그건 한마디로 집안은 천장까지 물이 가득 찼다는 뜻이었습니다.

"아이고! 하늘도 무심하시지! 아이고!"

할머니는 그 자리에 주저앉았습니다. 이제 집안에서 건질 만한 물건은 하나도 없었습니다. 천장 가까이 온통 물이 찼을 게 뻔했기 때문입니다.

"여러분, 비켜 주세요! 물을 빼야 합니다!"

주민센터에서 온 공무원이 굵은 양수기 호스를 들고 나타 났습니다. 저 멀리에서는 소방차도 보였습니다. 요란한 양 수기 엔진 소리와 함께 시커먼 물이 도로로 쏟아져 나오기 시작했습니다.

"자, 다들 비켜 주세요. 오후나 되어야 물이 다 빠지니까 그때 와서 정리하세요!"

소방대원이 집 앞에 모인 사람들에게 말했습니다.

"할아버지, 이따가 저도 우리 센터의 봉사자들 데리고 올 게요. 지금은 할 일이 별로 없네요."

그렇게 해서 상철이네 가족은 하릴없이 다시 대피소로 돌 아왔습니다. 대피소에는 어느새 봉사단원들이 와서 밥과 국 을 준비해 배급을 해 주고 있었습니다. 고픈 배에 들어가는 따뜻한 밥과 국은 별미였습니다. 마파람에 게 눈 감추듯 먹 고 나니 졸음이 쏟아졌습니다.

한잠 자고 나서 오후가 되자 대피소에는 집집마다 물이 빠 지기 시작했다는 소문이 돌았습니다. 상철이네 식구도 모두 몰려갔습니다. 집에 가 보니 소방대원들이 물을 빼 주었지

만 아직도 발목까지는 군데군데 물이 찼습니다. 문을 열고 들어가자 온통 집안은 엉망이 되어 있었습니다. 가재도구들은 모두 폭탄이라도 맞은 것처럼 여기저기 나뒹굴고, 벽에는 물이 차올랐던 천장 근처까지 선이 그어져 있었습니다. 온통 썩은 냄새가 집안에 진동을 했습니다.

"아우, 냄새야!"

상철이는 코를 막았습니다. 엄마는 넋이 빠져 있었습니다.

"이걸 어쩌면 좋아!"

그때 집에 들어온 건 센터장님이었습니다.

"저희들 왔어요."

밖에는 도와주기 위한 봉사자들이 몇 명 눈에 띄었습니다.

"상심하지 말아요. 우리가 도와줄 게요. 용기를 내서야죠."

그 말을 듣자 군인 출신이던 할아버지가 제일 먼저 팔을 걷어붙였습니다.

"그래, 내가 전쟁도 치른 사람이야. 이까짓 거 한번 해보자꾸나."

할아버지는 바가지와 양동이를 동원해 물을 퍼서 계단을

올라가 집 밖으로 쏟아냈습니다. 할머니도 기운을 내서 바가지로 물을 푸기 시작했습니다. 엄마는 눈물을 흘렸습니다. 왜 이렇게 한국에 와서 고생만 해야 되는지 알 수 없었기 때문입니다.

"센터장님, 나 필리핀에 가고 싶어요. 으으으!"

센터장님은 그런 엄마를 위로했습니다.

"절대 포기하지 않겠다면서요? 왜 우세요? 이 정도는 아무것도 아니에요. 참아내셔야죠."

엄마가 우는 것을 보자 상철이도 속이 상했습니다. 하지만 이렇게 포기할 수는 없다는 생각이 들었습니다. 연로하신 할아버지 할머니도 포기하지 않는다는 생각에 상철이도 바가지 하나를 주워서 물을 퍼서 부지런히 날랐습니다. 그걸 본 형 상수도 함께 움직였습니다. 센터장님이 그걸 보고 말했습니다.

"보세요, 아드님이 훨씬 나아요."

그 말을 듣자 상철이가 굳건한 표정으로 말했습니다.

"엄마, 일해야 돼. 할아버지와 할머니도 일하시잖아."

상철이의 말에 엄마도 용기를 냈습니다.

"그래, 우리 아들. 아들이 나보다 낫네."

그래서 다 같이 물을 퍼냈습니다. 갑자기 땀을 흘리며 일을 시작하자 용기가 샘솟기 시작했습니다. 온 식구가 달려들어 물을 퍼내자 집안은 물기가 이내 사라졌습니다. 마지막으로 바닥을 닦은 뒤 엄마는 상철이를 끌어안고 울었습니다.

"상철아, 미안해. 엄마가 포기할 뻔했어."

"엄마, 괜찮아요."

상철이도 엄마 품에 안겨 울었습니다. 할아버지 할머니도 같이 다가와 말했습니다.

"며늘아가, 미안하다. 이게 나 때문이다, 용서해라. 내가 사기만 안 당했어도……."

할아버지는 사업만 망하지 않았어도 반지하 방에 이사 와서 이렇게 힘든 일을 당하지 않았을 거라는 생각에 며느리를 끌어안고 눈물을 보였습니다. 온 가족이 펑펑 울고 나자 다시금 포기하지 않고 도전해야겠다는 생각이 들었습니다.

그날 저녁 집을 대강 치우고 학교의 임시 대피소에 돌아와 보니 학교는 휴업령이 내려 있었습니다. 상철이를 괴롭히던 민복이가 강당 입구에 보였습니다. 피해 가려고 하는데 민복이가 울고 있는 것이었습니다.

"으으으!"

주위 아이들은 아무도 민복이에게 다가가지 않았습니다. 친구들을 괴롭히던 아이였기 때문입니다. 상철이가 조심스럽게 다가가 물었습니다.

"민복아, 왜 그래?"

"우리 집에도 물이 들어왔는데 할머니가 쓰러지셨어."

체육관 한쪽에 민복이네 할머니가 누워 있는 것이 보였습니다. 의료진이 링거주사를 놔주었습니다.

"아무도 도와주지 않아. 으으으!"

"너희 집, 어딘데?"

상철이가 물었습니다. 민복이가 가리키는 곳을 보니 상철이네 집에서 멀지 않은 것 같았습니다.

"한번 가 보자."

민복이를 이끌고 상철이가 가 보니 비슷한 반지하였습니다. 소방관들이 물을 빼냈지만 어질러져 있는 집안은 그대로 물이 발목까지 자박자박 차 있었습니다.

"야! 물 퍼내야지, 왜 울고 있어?"

상철이가 나서서 먼저 물을 푸기 시작했습니다.

"야, 이 많은 물을 어떻게 퍼?"

민복이가 지레 포기하고 있자 상철이가 말했습니다.

"한 바가지씩 퍼내면 돼. 퍼내고 퍼내다 보면 언젠가 바닥
나게 되어 있어. 아까 난, 우리 집 가서 다 퍼냈어. 너도 퍼내
면 된단 말이야. 할머니가 없으면 너라도 해야지."

그 말에 민복이는 눈을 동그랗게 떴습니다. 만날 기죽어 있
던 상철이가 이렇게 용감한 말을 할 줄 몰랐던 것입니다.

"아, 알았어."

"내가 퍼서 여기까지 갔다 줄 테니까 너는 저 바깥으로 퍼
내."

둘이 릴레이를 시작했습니다. 양동이에 물을 퍼서 계단 중간까지 갖다 놓으면 그 물을 내다가 바깥으로 버리는 건 민복이의 일이었습니다. 옆집에서도 계속 물을 퍼냈지만 어린 아이들이 퍼내는 걸 도와줄 일손이 없었습니다. 자기들 집의 물을 퍼내기도 바빴기 때문입니다.

하지만 물을 퍼내기 시작하자 힘이 들어도 민복이는 용기가 났습니다. 이 세상에 자기 혼자만 있는 게 아니라는 생각이 들었기 때문입니다. 한참 퍼낼 때 상철이는 봉사단들이 지나가는 걸 보았습니다. 상철이는 용기를 냈습니다.

"아저씨, 여기 좀 도와주세요."

"너희들, 도움이 필요하니?"

알고 보니 멀리서 소식을 듣고 온 봉사단 대학생 형들이었습니다.

"네. 얘가 할머니하고 사는데요, 할머니는 쓰러지셨고요. 제가 친군데요, 얘랑 같이 돕고 있어요."

"그래? 우리가 같이 도와줄게."

대학생 형들이 달려들었습니다. 덩달아 민복이도 신이 났습니다. 형들이 함께 달려들어 물을 퍼내자 한두 시간 만에

금세 집은 물이 다 빠져나갔습니다.

"자, 짐 정리는 너희들이 좀 해. 우리도 딴 집 또 도와줘야
돼."

형들이 옮겨 가자 상철이가 말했습니다.

"형, 고마워요."

물이 빠져나간 집에서 민복이는 머뭇거리면서 말했습니다.

"상철아, 고마워. 미안해, 학교에서 너 따돌렸던 거……."

"괜찮아. 나 너 안 미워했어."

"네가 이렇게 용기 있는 아인 줄 몰랐어."

민복이는 진심으로 사과했습니다.

"학교에서 우리 친하게 지내자."

그렇게 해서 민복이를 도와주고 집에서 나와 상철이는 학교로 갔습니다. 아직 집에 사람들이 들어갈 수는 없었습니다. 집이 마르고 수리가 끝나야 들어가기 때문에 체육관 강당으로 갔습니다. 엄마는 할 일이 없자 지갑 공장으로 일하러 갔고, 할아버지와 할머니는 누워 있었습니다. 구호소에는 위문품이 쏟아져 들어왔습니다. 며칠 더 이곳에서 지내면서 사람들의 도움을 받아 집을 수리해야 된다는 말을 들었기 때문입니다.

다음 날도 그 다음 날도 상철이네는 체육관에 머물렀습니다. 사흘째 되는 날 저녁 체육관으로 반가운 사람이 들어왔습니다.

"상철아, 여보!"

필리핀에서 급하게 달려온 아빠였습니다.

"아빠, 어쩐 일이에요?"

아이들이 모두 달려들어 아빠를 끌어안았습니다. 어려운 처지에서 아빠를 보니 그 반가움이 더 컸습니다.

"응, 한국에서 물난리가 났다는 말을 듣고 급하게 비행기 타고 온 거야."

엄마는 아빠를 보자 눈물을 하염없이 흘렸습니다. 가족들도 모두 그동안 쌓였던 서러움 때문에 울었습니다. 아빠는 집에 가서 대충 둘러보고 오더니 체육관에서 같이 누워 아이들에게 이야길 했습니다.

"얘들아, 힘들지? 하지만 절대 포기하면 안 돼. 아빠도 옛날에 비행기 조종사의 꿈을 가졌지만 중간에 포기했는데 너희들은 그렇게 하면 안 된다."

아빠는 옛날이야기를 해 주었습니다. 백번도 더 들은 필리핀에서 의사의 꿈을 접고 비행기 조종사가 되는 꿈을 가지다가 엄마를 만나 결혼하게 된 이야기였습니다. 이야기를 듣는 엄마도 얼굴이 발그레해졌습니다. 두 사람이 사랑에 빠졌던 이야기는 언제 들어도 재미있는 모양입니다.

롤러코스터

　며칠 동안 상철이네 가족들은 집을 치우느라 바빴습니다. 물에 젖어 못 쓰게 된 물건들은 모두 밖으로 끄집어냈습니다. 냉장고는 물로 닦으면 쓸 수 있지만 텔레비전이나 컴퓨터 같은 물건은 고칠 수가 없어 다 버려야 했습니다. 상철이네 빌라 밖의 도로는 온통 집집마다 내다 버린 쓰레기로 가득했습니다.

　가구들은 닦아서 쓰기로 했는데 아무리 소독약으로 닦아도 물에서 나는 썩은 냄새가 사라지지 않았습니다. 그도 그럴 것이 물이 넘치면서 온통 화장실과 하수구의 물들이 뒤섞였기 때문입니다.

날마다 소독차가 와서 전염병이 돌까 봐 연막을 뿌리고 난리를 쳤습니다. 가족 모두는 지쳐 쓰러질 때까지 집안을 닦았지만 그 안에 들어가 살 생각을 하니 암담했습니다.

"여기서 어떻게 사람이 살아?"

할머니는 걸레질을 하면서 연신 눈물을 흘렸습니다. 할아버지는 돌아서서 하늘만 바라보았습니다. 그렇게 온 식구들이 지쳐 갈 때였습니다.

"계세요?"

가재도구를 다 내다 버려 휑해진 집에 반가운 얼굴이 들어왔습니다.

"어머, 센터장님."

엄마가 센터장님을 반갑게 맞았습니다.

"고생 많으시네요."

센터장님의 위로에 엄마는 눈물이 왈칵 솟았습니다. 힘들 때의 위로가 이렇게 힘이 될 줄 몰랐습니다.

"좋은 소식이에요."

"무슨 좋은 소식요?"

"집수리를 해 줄 사람들이 나타났어요, 내가 인클로버재단에 얘기했더니 상철이네 이야기를 듣고 특별히 도와주겠대요."

인클로버재단은 전에 상철이네 가족사진을 찍어 준 곳이었습니다. 다문화 가족들이 형편이 너무 어려워 가족사진 하나 변변하게 찍지 못한다는 사실을 알고 멋지게 사진을 찍어 액자에 넣어 선물을 해 주었던 것입니다. 그 단체에 센터장님이 연락을 취했던 것입니다.

"정말이요?"

"그럼요, 곧 올 거예요."

센터장님의 말은 거짓이 아니었습니다. 건장한 아저씨들 몇이 주소를 보고 잠시 후 찾아온 것입니다.

"여기가 상철이네 집 맞지요?"

집에서 물에 젖은 벽지를 함께 뜯어내던 센터장님이 반갑게 달려 나갔습니다.

"오셨군요, 반갑습니다."

악수를 나눈 뒤 사람들은 상철이네 집으로 들어왔습니다. 여기저기 둘러보더니 뭔가를 의논했습니다. 그걸 본 센터장님이 할아버지와 할머니에게 말했습니다.

"어르신, 걱정하지 마세요. 이 사람들은 건축 일을 하거나 설계하는 분들이에요. 상철이네 식구가 많고 할아버지 할머니도 모시고 산다는 말에 도와주기로 했어요."

"이렇게 고마울 수가 있나요? 고맙소!"

할아버지는 감격했습니다.

"감사합니다."

아빠와 엄마는 손을 잡고 인사를 했습니다.

"저희들이 집을 깔끔하게 사실 수 있게 수리를 해 드릴 테니까요. 며칠만 더 참아 주세요. 그리고 이건 저희들이 준비한 위로금입니다. 아이들이 얼마나 상처를 입었겠습니까? 아이들하고 즐거운 일에 쓰세요."

재단 사람들은 약간의 돈을 주었습니다. 그러고는 또 말했습니다.

"저희들이 놀이공원에 예약을 했습니다. 온 가족이 놀이공원에서 즐기고 계실 동안 저희가 집수리를 다 해 놓겠습니다."

정말 배려심 깊은 사람들이었습니다. 상철이네 식구는 모두 감격하고 말았습니다.

"정말 한국은 온정이 넘치는 나라에요. 고맙습니다."

엄마는 한국에 오길 정말 잘했다는 생각을 했습니다.

집이 완전히 새롭게 고쳐질 일주일 동안 식구들은 대피소에 더 머물러야 했습니다. 대피소에는 정리된 집으로 돌아간 사람들로 인해 군데군데 이가 빠진 것처럼 자리가 비기 시작했습니다. 하지만 새 집에 들어간다는 희망이 가슴을 설레게 했습니다.

사흘 뒤 할아버지와 할머니, 그리고 아빠와 엄마, 아이들 넷, 이렇게 여덟 명이 커다란 승합차를 타고 놀이공원으로 향했습니다. 승합차를 운전해 주는 센터장님이 말했습니다.

"수리하는 집에 가 보았더니 근사해요. 걱정 거의 다 해결 됐어요. 집수리 마치고 가재도구도 다 지원해 줄 거예요. 새로 살림할 수 있으니까 아무 걱정하지 마세요."

"센터장님, 이 은혜를 어떻게 다 갚을까요?"

조수석에 앉은 아빠가 다시금 감사의 인사를 했습니다.

"아니에요, 아니에요. 줄리안네 같이 열심히 사는 사람들을 도와줄 수 있어서 내가 오히려 기뻐요."

　난생 처음 놀이공원에 가서 온 가
족들은 하루 종일 신나게 뛰어놀았
습니다. 날씨도 기가 막히게 좋아
모두가 행복한 기분을 마음껏 누렸
습니다. 할아버지와 할머니는 놀이
기구를 타지는 못하고 손자들이 타
며 즐기는 것을 구경하면서 유모차
에 탄 막내만 보고 있었습니다.

　"우아아!"

　바이킹의 맨 가장자리에 탄 상철
이와 상수는 두 손을 번쩍 들면서
손가락 사이로 빠져나가는 바람을
어루만졌습니다. 그건 마치 탱글탱
글한 물 풍선을 만지는 것 같았습
니다.

　"아이구!"

　앞자리에 앉은 아빠와 엄마는 얼
굴이 사색이 다 되었습니다. 그걸

본 상철이는 배를 잡고 웃었습니다.

"헤헤! 아빠! 이렇게 손을 번쩍 들면 하나도 안 무서워요!"

신나게 바이킹을 타면서 아래를 내려다보니 할아버지가 저만치 떨어져서 전화를 받고 있었습니다. 할머니는 바이킹 타는 아이들을 향해 손을 연신 흔들었습니다.

"아, 정말 재미있었어."

"맞아, 바이킹 또 타고 싶어."

그런데 바이킹을 타고 내려왔을 때 할아버지 얼굴이 상기되어 있는 것을 발견했습니다.

"할아버지, 왜 그러세요?"

"무슨 안 좋은 일 있으세요?"

가족들이 할아버지의 안색을 살피며 물었습니다. 그런데 할아버지는 흥분한 얼굴로 대답했습니다.

"나, 지금 빨리 어디 좀 가 봐야겠어."

"예? 아버지, 무슨 일이세요?"

"보훈처에서 연락이 왔어."

"예? 왜요?"

"내가 총상 입은 거 나라에서 국가유공자로 인정해 준단다. 드디어 전에 신청한 신체검사가 결정되었대."

"네? 그게 정말이에요?"

"응, 지금 전화가 왔다."

온 가족은 크게 기뻐했습니다.

"그래서 연금이 나온단다. 그리고 더 좋은 소식은 임대아파트에 들어갈 수도 있단다."

그건 꿈만 같은 이야기였습니다. 할아버지와 할머니가 임대아파트로 들어갈 수 있다면 상철이네는 오롯이 자기들만의 집을 가질 수 있기 때문입니다.

"그게 정말이에요? 당장 가 보세요."

"응, 내가 다녀오마. 우리가 임대아파트로만 들어갈 수 있다면 내가 경비원 월급만 받아도 우리는 자립할 수 있단다."

할아버지는 놀이동산 정문으로 신이 나서 잰걸음을 놀렸습니다. 할머니는 상기되어 어쩔 줄 몰랐습니다.

"애야, 아니 어쩌면 좋은 일이 이렇게 한꺼번에 오냐?"

"그러게 말이에요. 이제 고생은 끝나고 행복이 시작되려나봐요."

아빠는 아이들을 품에 안은 채 말했습니다.

"아빠, 어서 롤러코스터 타러 가요."

아이들이 졸라 아빠는 함께 롤러코스터를 타러 갔습니다.
끼끼끼, 소리를 내며 롤러코스터가 하늘로 올라가자 아이들
의 가슴도 졸아드는 것만 같았습니다. 이윽고 꼭대기까지
올라가자 롤러코스터는 땅을 향해 내리꽂혔습니다.

"꺄—악!"

사람들은 비명을 질러 댔습니다. 온 세상이 빙빙 돌고 가슴
이 철렁 내려앉는 것이 완전히 죽을 것만 같았습니다. 하지
만 그도 잠시, 갑자기 롤러코스터는 휙 하늘을 향해 치솟았
습니다. 맑은 하늘이 시야 가득 들어오면서 날아가는 기분
이었습니다.

"야호!"

사람들은 환하게 웃었습니다. 그렇지만 그런 행복은 오래
가지 않았습니다. 이번에는 더 빠르고 강하게 다시 땅으로
떨어지는 것 같았기 때문입니다. 이런 오르고 내림이 한참
동안 이어지니 사람들은 정신이 하나도 없었습니다. 어떤
사람은 썼던 모자를 떨어뜨리기도 했습니다.

롤러코스터가 운행을 마치고 다시 출발점으로 돌아오자

브레이크 잡는 소리가 딱딱딱 들렸습니다. 안전장치가 풀리자 아이들이 내렸습니다. 계단을 내려오면서 상철이와 상수에게 아빠는 물었습니다.

"얘들아 어때? 롤러코스터를 타니까?"

"아빠, 재밌어요!"

"신나요!"

아이들의 대답을 들은 아빠가 다시 물었습니다.

"그렇지. 너희들 아빠가 한국으로 보낸 거 지금 원망하니?"

"아니요, 이젠 원망 안 해요."

아빠는 먼 하늘을 바라보았습니다. 지금은 비록 아이들이 한국이라는 사회에 적응하려 고생하고 있지만 먼 훗날 우리 사회가 통합을 향해 나아갈 때 분명 앞장설 거라 생각했기 때문입니다. 다른 것들이 하나로 합쳐지는 것이 통일이라면 통합은 서로 다른 것들이 각자 자신의 것을 지키면서 서로 하나가 되는 것이기 때문입니다. 다문화 가족이 우리와 다르다고 멀리하는 것은 같음을 바탕에 두는 것인데 이제 그런 시대는 갔습니다. 다른 것을 받아들여 하나가 되려 노력해야 하는 것입니다. 그것이 바로 통합이기 때문입니다.

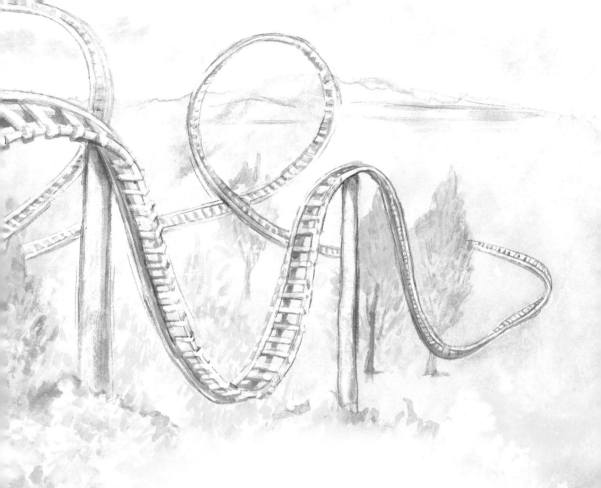

"그래, 고맙다. 얘들아, 너희들은 아직 어려서 모르겠지만 살다 보면 인생은 이렇게 롤러코스터란다. 올라갈 때가 있으면 내려갈 때가 있단다. 내려갈 땐 또 올라갈 때를 기다려야 해. 힘들고 어려운 일이 있으면 꼭 좋은 일이 있다는 희망을 버리면 절대 안 돼!"

"네, 아빠."

"너희들이 한국에 와서 힘들었지만 여기에서 한국어를 잘 익히고 훌륭한 한국 사람이 되면 좋은 일이 꼭 생긴단다. 인생은 롤러코스터야. 그러니까 절대 포기할 수 없는 거야."

"네."

온 가족은 그렇게 즐겁게 놀았습니다.

집에 오는 길에 엄마는 아빠에게 조심스럽게 말했습니다.

"여보, 나는 어서 빨리 한국어 배워야겠어요. 그래야 본격적으로 일을 하지요. 언제까지나 남의 도움을 받을 수는 없잖아요. 남을 돕는 사람이 되어야지."

"그래, 당신 말이 맞아. 스스로의 힘으로 일어나는 게 정말 중요해."

"아버님도 이대로 계실 수 없다고 경비원 같은 일할 걸 찾는다고 하셨어요."

"글쎄, 연세가 있으셔서 하실 만한 일이 있을지 모르겠어."

"아버님은 꼭 해내실 거예요."

"그래, 나도 이대로 주저앉지는 않을 거야. 꼭 우리 가족을 일으켜 세울게."

할아버지에게선 아직 연락이 오지 않았지만 집으로 돌아

오면서 기대에 부풀었습니다.

다음 날 집수리가 끝난 새집에 도착하니 새집은 도배가 말끔히 끝났고 장판도 새로 갈았습니다. 텔레비전과 냉장고 등도 새것이 놓여 있었습니다. 인클로버재단 덕분에 하루 사이에 기적이 일어난 것입니다.

"와, 이게 우리 집이에요?"

소독을 다해서 악취도 모두 사라지고 없었습니다. 이웃집에서 와 구경을 하며 부러워할 정도였습니다. 그때 센터장님이 또다시 달려왔습니다.

"구청장님이 오셔요. 구청장님이……."

"네?"

"구청장님이 피해 상황을 보신다고 시찰을 나오셨어요."

그때 호리호리한 구청장님이 집으로 들어와 집안을 둘러보고는 엄마에게 말했습니다.

"용기를 잃지 마세요. 제가 돕겠습니다."

그리고 아래 직원에게 말했습니다.

"이 가족들이 살 수 있게 잘 도와주세요."

"네."

구청장이 빠져나가자 센터장님은 기뻐 어쩔 줄 몰랐습니다.

"잘됐어, 잘됐어."

"왜요?"

"구청장님이 도와주라는 말은 구에 있는 임대아파트에 들어갈 수 있게 해 주라는 얘기야."

"정말요?"

"그래, 이게 꿈이냐 생시냐?"

온 가족은 모두 기뻐했습니다.

그날 저녁 상철이는 인생은 정말 롤러코스터라는 것을 느꼈습니다. 그리고 앞으로 한국과 필리핀에 소중한 사람이 되겠다는 생각을 다시금 했습니다.

* 그동안 상철이네 가족에게 도움을 주신 분들

stx조선해양   inclover